口入屋用心棒

身代金の計

鈴木英治

双葉文庫

目次

身代金の計

口入屋用心棒

第一章

一

一瞬、目が覚めかけた。

なにゆえだ、と掻巻《かいまき》の暖かさと足先の冷たさを同時に感じながら湯瀬直之進《ゆせなおのしん》は思った。今かすかに、人の気配を感じなかったか。

目を開け、枕元に置いてある脇差《わきざし》に手を伸ばしかけたが、動きを止め、あたりの気配をじっとうかがった。

だが、人の気配のようなものは感じない。外は風が強いようで、梢《こずえ》が騒ぐ音だけが耳に届く。

――気のせいか……。

上体を起こし、直之進は隣で寝ている妻のおきくと子の直太郎《なおたろう》を見た。直太郎のそばに置いてある火鉢の炭は、赤々と熾《お》きている。この分なら、朝まで炭を継ぎ足す必要はないだろう。母子は二人とも掻巻にくるまり、安らかな寝息を立てていた。

——直太郎は大丈夫のようだな。

昨日の夕刻、少し熱を出して顔が赤くなり、息もせわしいものになった。しかしこれだけ穏《おだ》やかな寝顔なら、もうさほど心配せずともよさそうだ。

手を伸ばし、直之進はせがれの額《ひたい》にそっと触れてみた。

案《あん》の定《じょう》、熱はまったくない。さすがにほっとする。

つい先ほどまで起きていたおきくも、直太郎の落ち着いた様子を見て布団《ふとん》に入ったのだろう。

昨日、医者の雄哲《ゆうてつ》にすぐ診てもらったのがよかったにちがいない。雄哲は慎重に量を計って葛根湯《かっこんとう》を直太郎に飲ませた。

風邪《かぜ》を引いた直後に葛根湯を飲めば、たいてい翌日には健《すこ》やかな体を取り戻せるものだ。これまで直之進は何度もそれを体験してきた。

葛根湯は常備してあるとはいえ、三歳の子供に飲ませてよいものか、直之進とおきくは迷った。相談の上、秀士館《しゅうしかん》で医局方の教授をしている雄哲に来てもらったのである。

雄哲が同じ敷地内に住んでいるのは、幸運以外のなにものでもない。ただの風邪といえども、幼子の場合、大事に至ることが多々ある。江戸でも屈指《くっし》の医者に診てもらえるのは、この上ないことだ。

よかった、と心を安《やす》んじて直之進は寝床に横たわった。いま何刻《なんどき》か、と目を閉じて考えた。おそらく、深夜の八つ半を過ぎた頃ではないか。

秀士館に忍び込もうとする者にとっては恰好《かっこう》の刻限だろうが、いったい誰がなんのために忍び込むというのか。

――盗賊か。

いや、盗賊なら再建もままならない秀士館になど忍び込まないはずだ。

――ならば、誰かを害するためか。今のところ、俺は誰の怨《うら》みも買っておらぬはずだ。この家に忍び込んでくる者など、いるはずがない。先ほど感じた気配は風のいたずらに過ぎぬ。

直太郎のことが気がかりで熟睡できずにいたが、この様子なら明け六つまでぐっすり眠れるかもしれぬ、と直之進は思い、小さく息をついた。

七つの鐘の音が聞こえた。

結局、あまり眠れず、うつらうつらしていた直之進は、それを合図に上体を起こした。今朝もぐっと冷え込んでおり、寒がりの身にはひどくこたえたが、今はそんなことをいっている時ではない。

布団の上にあぐらをかき、直太郎の顔をじっと見た。先ほどと変わらず、すやすやとよく眠っている。

――よかった。

直之進は安堵《あんど》の息を再び漏《も》らした。あまり眠れなかったが、眠気はほとんどない。夜明けまで、あと一刻ある。

それまでどうするか。また横になって、ただ夜明けを待つのも退屈だ。

――まずは顔でも洗うとするか。それから、なにをするか考えればよい。

直之進は、二人を起こさないよう静かに搔巻を脱いだ。立ち上がり、厚手の着物を着込む。刀架《とうか》の愛刀を手にして、夫婦の寝所《しんじょ》をあとにした。

廊下を歩きながら腰に刀を差して居間に入り、壁際に鎮座《ちんざ》している簞笥《たんす》から手ぬぐいを取り出した。それを手に持ち、勝手口の戸を開ける。

外に出た途端、肌をつきさすようなさらなる冷気にさらされ、うっ、と直之進はうめき声を漏らした。ぶるりと身震《みぶる》いが出る。こいつはたまらぬな、と手のひらに息を吹きかけた。

夜明け前ということもあってあたりは暗く、空には数え切れないほどの星がまたたいている。若かりし頃の厳しい鍛錬《たんれん》の甲斐《かい》あって夜目《よめ》は利《き》くものの、星明かりのおかげで外はよく見通せた。

田端村《たばたむら》から日暮里《にっぽり》一円のおよそ二千戸を焼き尽くした大火に巻き込まれ、秀士館館長の佐賀大左衛門《さがだいざえもん》の屋敷や剣術道場、五つの竈《かまど》を備えた食堂などが焼けてしまったが、最近ようやく普請《ふしん》がはじまった。建物の柱となる材木が塀越しに浮くように見えている。

――一刻も早くできればよいが……。

どこからか犬の遠吠えが聞こえ、それに応《こた》えるかのように、冷たい風が音を立てて吹き寄せてきた。近くの梢が騒ぎ、直之進は、早く本物の春が来ぬものか、と独りごちた。二月に入ったというのに、春の気配すら感じない。

吹きすさぶ寒風に逆らうように井戸に向かって数歩進んだとき、不意に、ぶつ、といやな音が耳を打った。

なんだ、と思って足元を見ると、草履《ぞうり》の鼻緒《はなお》が切れていた。

——不吉な……。

切れた鼻緒を見つめて、直之進は眉根《まゆね》を寄せた。これは、なにかいやなことが起きる前触《まえぶ》れだろうか。

いや、それならすでに起きている。上野北大門町《うえのきただいもんちょう》で米問屋岩田屋《いわたや》を営《いとな》む恵三《けいぞう》の一人娘おさちが、行方知れずになったらしいのだ。

恵三は手段を選ばず金儲《かねもう》けに走る悪辣《あくらつ》な男だが、おさちはそうではない。思いやりのある優しい娘である。悪名高い男を父親に持ったが、まっすぐな気性の持ち主で、気立《きだ》てがよい。

直太郎の風邪に加え、おさちの身を案じていたために、昨晩直之進はあまり眠れなかったのだ。

おさちがかどわかされたらしいとの知らせを受けたとき、すぐにでも岩田屋に駆けつけたかった。だが、直太郎が熱を出したことで、あきらめざるを得なかった。

鼻緒が切れた草履を脱ぎ、直之進はいったん勝手口に戻った。三和土《たたき》にある下駄《げた》を履《は》き、再度、外に出る。

——おさちは無事だろうか。いや、その前に、伊助《いすけ》の知らせがまちがいであってくれたら、よいのだが……。

昨日、南町奉行所で定町廻《じょうまちまわ》り同心を務める樺山富士太郎《かばやまふじたろう》の手下の伊助が秀士館にやってきて、おさちがかどわかされたらしいと伝えてきたのだ。

――もしそれが本当なら、おさちはいったい何者にさらわれたのか……。

伊助によれば、昨日の時点では、なにもわかっていないとのことだった。身代《みのしろ》を要求する文も届いていないという。

おさちの無事を直之進は強く祈った。

重い気分のまま井戸で歯磨きを終え、手ぬぐいで顔を拭《ふ》いて富士山に目を向けた。富士山が噴火して以来、顔を洗ってから西の空を眺《なが》めるのが習《なら》い性《しょう》になっている。

長く続いた噴火はようやくおさまり、今は煙も炎も吐き出していない。再度、噴火するようには見えず、静謐《せいひつ》さを保っている。

春まだ浅い時季だというのに、噴火の影響でほとんど雪をかぶっていないが、富士山は穏やかで、直之進が子供の頃から見慣れた佇《たたず》まいといってよい。

すさまじいまでの富士山の噴火を目の当たりにしたときは、この世の終わりが来たと思ったものだが、今の江戸は平穏そのものである。噴火のおさまりとともに、人心《じんしん》も落ち着きを取り戻していた。

きっと沼里《ぬまざと》も似たようなものではないか。富士山が噴火しているあいだ、直之進は故郷のことが心配でならず、どうにかして沼里に向かおうとしたが、東海道の往来《おうらい》が断たれたこともあり、その願いは叶《かな》わなかった。

あの静かな姿なら、と直之進は富士山を見つめて思った。故郷はきっと大丈夫だろう。甚大な被害を蒙《こうむ》ったという知らせも、沼里家の上屋敷には入ってきていないようだ。

それでも、一度は様子を見に行きたいが、噴火がおさまった今となっては、少し気が楽になっている。

沼里のことよりも、と直之進は考えた。今は、おさちのことのほうが、ずっと気がかりである。

——今から岩田屋に行ってみるか。

岩田屋は不忍池《しのばずのいけ》のすぐそばの上野北大門町に店を構えているが、直之進は猿《ましら》の儀介《ぎすけ》という盗賊が跳梁《ちようりよう》したとき、用心棒として店に詰《つ》めたことがある。

——いや、今からというのは、さすがに無理だ……。

まだ夜も明けていない。それに今朝も、日暮里の大火で焼け出された者たちへの炊《た》き出《だ》しをしなければならない。新たな住処《すみか》がいまだ決まっていない者たちに、朝飯を供《きょう》するのである。

もちろん大左衛門の許しを得れば他出はできる。しかし直之進としては、炊き出しを終えてから、という思いがある。困っている人たちを放っておくことなどできない。

——おさち捜しは、今のところは富士太郎さんたちに任せるしかあるまい……。

富士太郎は、南町奉行所きっての腕利《うでき》きである。必ずなにか手がかりをつかんでくれるはずだ。

——さて、今からどうするか。

深夜の八つ近くまで起きて、直太郎の様子を見ていたおきくも、明け六つには起きてくるだろう。それまで起こさぬよう、ときを潰す必要がある。

——こういうときは剣の稽古《けいこ》が一番だな。最近、体がなまっておるし……。

体力が衰えれば、技に冴《さ》えもなくなる。そんなざまでは、いざというとき役に立たない。下手《へた》をすれば、命に関わる。

今から明け六つまで刀を振り続ければ、相当な鍛錬になる。

——よし、やるか。

直之進は下駄を脱いで裸足《はだし》になった。地面の冷たさがじかに伝わり、うめき声を上げそうになったが、なんとかこらえて刀の柄《つか》に手を置いた。

誰を相手と見定めて稽古をすべきか、と直之進は思案した。恰好の稽古相手といえば、やはり佐之助《さのすけ》であろう。あの男とは互いに切磋琢磨《せっさたくま》し腕を競い合う仲だ。

——よし、倉田《くらた》。覚悟せよ。

直之進は目の前に佐之助の姿を思い浮かべ、機先《きせん》を制して刀を振り下ろしていった。その斬撃《ざんげき》を、佐之助が軽やかにかわしてみせる。

さすがだな、と直之進は感心するしかなかった。地を蹴り、佐之助が斬りかかってきた。

直之進は刀の腹で佐之助の斬撃を受け止め、ぐいっと押し返した。さっと後ろに下がり、佐之助が距離を取る。

深く足を踏み出し、直之進は一気に間合を詰めようとした。だが、佐之助が小さい振りで直之進の小手《こて》を狙ってくる。

直之進は足を止め、佐之助の刀をやり過ごした。改めて刀を正眼《せいがん》に構え、佐之助をじっと見る。すごいものだな。思わず感嘆の声が漏れるほど、佐之助には隙《すき》というものがなかった。

——遣《つか》い手というのは、こうでなくてはならぬ。俺も見習わねばな。

寒風の中、直之進は佐之助に向かって一心不乱に愛刀を振り続けた。

二

どれくらい刀を振ったものか。

さすがに疲れを覚え、直之進は刀をだらりと下げた。かなり汗をかいている。体が熱く、息をついた。そのときまた人の気配を感じた。

——誰かいるな。どこだ。

かなり近い。直之進は左手に立つ一本松の方へとさり気なく顔を向け、そのあたりに眼差《まなざ》しを注《そそ》いだ。つまり、と思った。

——今宵《こよい》八つ半頃に覚えた人の気配は、気のせいではなかったということか……。

誰かが、秀士館の敷地内に入り込んできたというのか。夜明けがだいぶ近いこの刻限ならば盗人《ぬすつと》というのは考えにくい。

刀を手にしたまま、直之進は身じろぎ一つせず、目を光らせた。腹に力を入れて足を踏み出し、気配を感じた一本松のほうへと歩いた。

しかし、松の陰には誰もいなかった。松の木のそばには隣の家との生垣《いけがき》があるが、そこにも人影は見当たらない。

それでも直之進はその場に佇み、全神経を研ぎすました。

だが、先ほど感じた気配は消え、二度と覚えることはなかった。人影らしきものを目にすることもなかった。

——またしても気のせいだったのか……。

首をひねって直之進は自問した。

——そうとしか考えられぬ。

なにしろ、あまり眠っていないのだ。そのせいで、神経が敏《さと》くなりすぎているのかもしれない。

考えにくいが、こたびも風のいたずらだったと、自らに言い聞かせるしかなかった。ふっと息をつき、直之進は肩から力を抜いた。

その瞬間、また気配を感じた。どこだ。刀を握り直して、あたりの気配をじっと嗅《か》いだ。

まちがいない。誰かいる。今度は、その気配がすぐに消えることはなかった。

──あそこだ。

秀士館の敷地内ながら、直之進の家の庭を仕切るように高さ半丈《はんじょう》ほどの塀がある。その塀の向こう側に誰かがひそんでいるように思えた。

生垣の陰からそこに移動したのだろう。何者だ、と用心しつつ直之進は塀に近づいていった。

──誰かは知らぬが、俺を害しようというつもりか。それとも、間抜けな盗人か。

直之進は塀のそばまで近づき、足を止めた。いつでも愛刀を振れるように、気を緩《ゆる》めることなく塀の向こう側をのぞき込んだ。

その動きを待っていたかのように、いきなり光る物が突き上げられた。刀だ、と直之進は覚《さと》った。

油断はなかった。顔を振って、直之進はその突き上げを瞬時にかわした。

切っ先が首筋をぎりぎりかすめるようにして、横を抜けていった。

思いのほか見切りが甘かったことがわかり、直之進は冷や汗をかいたが、すぐに体勢を立て直した。愛刀を手に持ち、少し横に動いて塀をひらりと跳び越えた。

着地と同時に、直之進は体ごと塀に向き直って攻撃に備えた。

塀の際《きわ》に、一つの影がうずくまっていた。影は、すっぽりと黒頭巾《くろずきん》をかぶっていた。いや、顔だけでなく、全身黒ずくめという出で立《いた》ちだ。

——まるで忍びではないか。

黒ずくめの影がさっと立ち上がった。黒頭巾からのぞく二つの瞳は光をたたえておらず、ひどく鈍《にぶ》い色をしているように見えた。やや短めと思える刀を、右手だけで構えている。背丈が六尺は優にある上に、首が猪《いのしし》のように太く、肩幅もあって、がっしりした体格をしている。

——これほど大きな男が、忍びになれるものなのか。

男はかなりの膂力《りょりょく》を誇っているのはまちがいないだろうが、あまり敏捷《びんしょう》そうには見えない。

「なにやつだ」

鋭《するど》く誰何《すいか》しざま、直之進は斬りかかった。黒ずくめの男が姿勢を低くし、直之進の脇を電光石火の如く走り抜けた。なに、と直之進は驚いた。直之進の斬撃はあっさりとかわされていた。

——存外に身軽なのだな。

さっと体を開くや、直之進は男に右手だけの斬撃を浴びせようとした。刃《やいば》が大きな背中を斬り裂こうとしたが、寸前で男が身をよじってみせた。直之進の刀は空《くう》を切った。

――勘のよい男だ。

場数を踏んでいるのは疑いようがない。

そのまま逃げ去るかと思ったが、男が立ち止まり、直之進に相対《あいたい》した。

――ほう、やる気か。

受けて立とう、と直之進は自らに気合を入れた。

――しかし、これだけ敏捷な動きを見せるとは、やはりこやつは忍びなのかもしれぬ……。

不意に男の瞳がぎらりと光った。これは怨みを持つ者の目ではないな、と直之進は判断した。

――誰かに頼まれて、俺を殺しに来たのか……。

とにかく、と直之進は続けて考えた。

――こやつは忍びなどではない。

男を見据《みす》えて直之進は断じた。忍びが、これほど感情を露《あら》わにするはずがないからだ。忍びは常に冷静で、気配を消すことに長《た》けていると聞く。

忍びでないとするならば、この大男は何者なのか。わからない。

忍びを演じているに過ぎないのか。それとも、夜陰《やいん》にまぎれるため、忍びのような恰好になっただけなのか。

――この大男が、俺の命を狙ってきたのはまずまちがいあるまい。

直之進が塀の向こう側をのぞき込んだとき、躊躇《ちゅうちょ》なく刀を突き上げてきたのが、そのなによりの証《あかし》である。直之進に気取られても、そのまま気配を消さなかったのは、塀の際までおびき出そうという魂胆《こんたん》があったからにちがいない。

――八つ半頃に気配を露わにしたのはなぜなのか。やはり俺を誘ったのか。

おそらくそうなのだろう。軽く息を入れて、直之進は男を見つめた。黒頭巾からのぞく目に、見覚えがあるようには思えない。

だとしたら、と直之進はさらに思案した。この男は、殺しをもっぱらにする者かもしれない。

――ふむ、殺し屋か……。

「きさま、何者だ」

まともな答えが返ってくるとは思えなかったが、直之進はあえてきいた。

案の定というべきか、男はなにも言葉を発しない。ならば、と直之進は決意した。

――なんとしても捕まえて吐かすしかあるまい。そうすれば、誰の差し金か知れるはずだ。

直之進が肚《はら》を決めたとき、男が黒頭巾に覆《おお》われた顔をかすかに動かした。東の空を見やったようだ。

つられて直之進もそちらに目を向けた。空はかすかに白んできている。

――明け六つか……。

直之進がそう思うのとほぼ同時に、時の鐘が鳴りはじめた。

日が昇って明るくなれば、男の形《なり》はむしろ目立つようになる。となれば、男は早めに決着をつけにくるかもしれない。

いや、逃げるかもしれぬな、と直之進は考えた。

――そうはさせぬぞ。その前にきさまを捕らえてやる。

意を決し、直之進は男に向かって突進しようとした。だが、そのとき直之進の背後で、戸が開く音がした。

直之進は、はっとして足を止めた。

——おきく。……まさか直太郎も一緒ではあるまいな。

まずい、と直之進は思った。男から目を離すや塀をさっと乗り越え、家の敷地に戻った。

不安げな表情のおきくが、あたりに目を投げながら一人でこちらに歩いてくるところだった。

「おきく」

呼ぶと、おきくが花が咲いたような笑顔になった。

「ああ、あなたさま。おはようございます。そちらにいらっしゃいましたか」

「うむ、おはよう」

挨拶《あいさつ》を返しつつ直之進は背後を警戒した。今にも、黒ずくめの男が塀を乗り越えて斬りかかってくるのではないか。

だが、男は襲ってこなかった。おきくがあらわれたことで、直之進と戦う気が失せたのだろうか。

——とにかく、あやつは去ったのだな。

直之進は気配を嗅いでみた。なにも感じない。やはり男は消えたのだ。

おきくの身に危険が及ばなかったことに、直之進は安堵の想いを抱いた。吐息《といき》が口から漏れる。

「どうかされたのですか」

直之進の様子に気づき、おきくが心配そうな顔になった。

うむ、と直之進は首を縦に動かした。おきくは最愛の妻である。直之進にはごまかすつもりなど毛頭《もうとう》なかった。つい先ほどまでここでなにがあったのか、つまびらかに語った。

「えっ、何者かに襲われたのでございますか」

息をのんでおきくが目をみはる。

「そうだ」

おきくを見つめて直之進は認めた。

「お怪我は」

「大丈夫だ、心配いらぬ」

おきくがほっとした表情を見せた。

「襲ってきた者にお心当《こころあ》たりは」

間を空けずにおきくが問うてきた。

「それがまったくないのだ」

小さなため息とともに直之進は告げた。

「ここ最近、誰かに怨みを買うようなことなどなかったと思うていたのだが……」

「さようにございますか……。あなたさま」

おきくが、どこか晴れやかな顔で呼びかけてきた。

「家に入りましょう。外は寒いですし、あらかた朝餉《あさげ》の用意もできています」

「ああ、そうであったか」

いわれてみれば、味噌汁のにおいがあたりに漂《ただよ》っていた。直之進は、緊張でこわばっていた身体がほぐれていくような感覚を味わった。

――よくよくよせぬ女房でよかった。俺は、これまで何度、おきくに救われたことか。

おきくという妻がそばにいてくれることが、直之進は心からありがたかった。

――亡くなった舅《しゅうと》どのに似ているのであろうな。

米田屋光右衛門《よねだやみつえもん》は病でこの世を去ってしまったが、江戸に出てきた直之進に最初の用心棒仕事を紹介してくれた。気のよい狸親父《たぬきおやじ》だった。懐《なつ》かしくてならない。会いたいな、と直之進は強烈に思った。

――俺がいつかあの世に行けば、会えるのだろうか。

できることなら、そうであってほしい。

「あなたさま、刀をしまってください」

おきくに指摘され、直之進は刀を抜いたままだったことに気づいた。

「ああ、そうであったな」

直之進は刀を鞘《さや》におさめた。おきくは、これまでに数え切れないほど直之進が危難に見舞われてきたことを知っている。前に直之進のことを、嵐を呼ぶ男だといったこともある。

むろんおきくは、直之進が襲われることに、慣れっこになっているわけではないだろう。窮地に立たされる直之進のことは案じられてならないだろうが、自分の亭主がたやすく殺されることなどないと、信じ切ることにしたのではないか。

それでよい、と直之進はおきくに心中で語りかけた。

――俺は、そなたと直太郎を守らねばならぬ。二人を残して、決してくたばりはせぬ。

夜はとうに明け、あたりはすっかり明るくなっていた。冷え込んでいるが、汗をたっぷりかいたせいで、直之進は寒さを感じなかった。見ると、体から湯気が立ちのぼっていた。

「直太郎の具合はどうだ」

味噌汁のにおいがひときわ強く香る家の中に入って、直之進はおきくにたずねた。

「ずいぶんよくなりました」

安心した顔でおきくがいった。

「今もよく眠っておりますが、大丈夫でございましょう」

うむ、と直之進はうなずいた。

「俺も外に出る前に顔を見たが、落ち着いていて寝息も健やかだった。心の底から、よかったと思った」

「あの子は丈夫です。私たちの子ですから」

「紛《まぎ》れもなくな。しかし、人の親になると心配の種は尽きぬものだな」

「はい、まったくです……。でも、子供は生きる糧《かて》になります」

「かわいくてならぬものな」

はい、とおきくがうれしそうに顎《あご》を引く。

「あなたさま、これで汗を拭いてください」

勝手の三和土の上で直之進は諸肌《もろはだ》脱ぎになり、おきくが渡してきた手ぬぐいで汗をぬぐった。さすがにさっぱりする。

おきくの言葉通り、すでに朝餉は用意されており、居間におかずや飯茶碗がのった膳《ぜん》が置かれていた。

いったん居間を素通りし、直之進は寝所で眠っている直太郎の顔をのぞき込んだ。今は大の字になって寝ていた。

――この子を育て上げるまで、死ぬわけにいかぬな。

直之進は改めて決意を胸に刻みつけた。あまりに愛《いと》おしくて、直太郎に頬《ほお》ずりしたくなった。

だが、そんなことをすれば、目を覚ましてしまうだろう。昨日の今日で風邪はまだ治りきっていないはずだ。今は、そっとしておいてやろう。

早く大きくなるのだぞ、と直之進は直太郎に心で語りかけた。

子供は、七つまでは神さまからの預かり物といわれている。七つまでに儚《はかな》くなることが多いからだが、それを過ぎてしまえば、何事もなく大人まで成長する者がほとんどだ。

静かに寝所を離れた直之進は居間に戻り、膳の前に座った。鰺《あじ》の開きに納豆《なっとう》、たくあんという献立《こんだて》である。

「朝から豪勢だな」

「あなたさまには、精をつけてもらわないといけませんから。炊き出しやおさちさんのことなど、いろいろと大変でしょう」

「そうだな。特に、おさちのことは心配でならぬ」

「無事に戻ってきてほしいですね」

「まったくだ」

おきくが飯と味噌汁を盛ってくれた。直之進の好物のわかめと豆腐の味噌汁である。

大男と激しく戦ったことで、直之進は腹がひどく減っていた。うまそうだな、とつぶやいたら、唾《つば》が湧《わ》いてきた。

「どうぞ、召し上がってください」

「うむ、いただこう」

両手を合わせて頭を下げ、直之進は箸《はし》を手にした。まず鯵の開きを食べはじめる。

小ぶりだが、よく脂《あぶら》がのっており、塩気のあるうまみがじんわりと口中に広がった。それだけで、もう箸がとまらなくなった。飯のおかわりを二度し、最後に味噌汁をごくりと飲み干した。

茶を淹《い》れてもらい、直之進はすすった。ほんのりとした甘みとすっきりとした苦みが喉《のど》をくぐっていく。体中に染み渡るかのようだ。

「うまいなあ」

直之進が笑顔でいうと、おきくが口元を緩めた。

「ごちそうさま」

直之進は空《から》になった湯飲みを膳に置いた。その途端、湯飲みがいきなり音を立てて割れた。なにっ、と直之進は目をみはった。

「あなたさま」

おきくがあわててにじり寄ってきた。

「大丈夫でございますか」

「ああ、大丈夫だ」

「お怪我は」

「心配ない。どこも切ってはおらぬ」

「さようにございますか」

おきくが安堵の顔になり、茶のしずくで少しだけ濡れた直之進の着物を、手ぬぐいで拭いてくれた。

「かたじけない」

「いえ、そのようなことをおっしゃらずともよいのですよ」

おきくが、割れた湯飲みの破片《はへん》を拾い集める。怪我をしないように気をつけて、直之進も手伝った。

「しかし驚いたな」

膳の上に置かれた破片を見つめて、直之進はつぶやいた。

「はい、このようなことがあるのですね」

――鼻緒が切れた後に、さらにこれか。

不吉以外の何物でもない。これから本当にいやなことが起きるのではないか。

――それは、おさちにではなく、この俺の身に起きるのかもしれぬ。

先ほどの忍びのような大男のこともある。あのときも下手をすれば、命を失っていた。

――いや、つまらぬことは考えぬほうがよい。俺は、二人のために生きていかねばならぬのだからな。

その後、直之進は秀士館に出仕《しゅっし》するために家を出た。火事で燃えてしまった食堂があった場所に足を急がせる。

――あの大男の目……。まことに見覚えはないか。

歩きながら直之進は改めて考えてみた。じっくりと頭を働かせる。

――やはり見覚えはないな。俺はあの男に会ったことは一度もない。

強い風が正面から吹き寄せ、直之進は顔を下げてやり過ごした。面《おもて》を上げると、寒空の下、大勢の者たちが炊き出しを求めて集まっているのが見えた。

――急がねば……。

直之進はさらに足を速めたが、頭の中では炊き出しとは別のことを考えていた。

――とりあえず、今はあの大男のことは忘れることにしよう。むろん気を緩めることはできぬが、まずはおさちのことだ。

直之進はおさちの一件が気になってならなかった。

――よし、炊き出しの支度をすぐに済ませ、早いうちに岩田屋に行ってみよう。

小走りで向かいながら直之進は心に決めた。

三

火加減を見ながら竈で飯を炊いていると、横で同じく飯を炊いている佐之助が小さな声で話しかけてきた。

「湯瀬、なにかあったな」

いきなり佐之助にそんなことをいわれ、直之進は驚きを隠せなかった。

「なんだ、やぶから棒に」

「とぼけるな」

苦笑とともに佐之助が一蹴《いっしゅう》する。

「きさまから、いまださめやらぬ熱のようなものを感じるのだ。まるで真剣で激しく戦ったあとのようだぞ」

相変わらず鋭いな、と直之進は感心するしかなかった。

「実は……」

昨夜から明け方にかけてどんなことが起きたか、直之進は声をひそめて語った。

「なんだと」

佐之助が形のよい両の眉を寄せた。

「忍びのような大男に襲われたのか……。その男に見覚えはないのか」

「ないな。これまで一度も会ったことのない男だ」

「きさまがそういうのなら、まちがいないだろう。それで、襲われるような心当たりはあるのか」

「それもないのだ」

「よく考えてみたのだろうな」

直之進に強い眼差しを注《そそ》いで佐之助が念押しする。うむ、と直之進は答えた。

「かなり考えた。だが、このところ俺の身の回りは至って平穏《へいおん》だった。それがいきなり襲われて、少し戸惑っている」

「そうか。それは気がかりだな。その大男はまた襲ってくるかもしれぬな」

「油断はせぬ」

「それがよかろう」

そこに、秀士館の門人の品田《しなだ》十郎左《じゅうろうざ》が足早《あしばや》にやってきた。

「湯瀬師範代」

十郎左に呼ばれ、直之進は顔を向けた。長く竈のそばにいたために頬がほてり、着物も熱くなっている。

「どうした」

十郎左は播州姫路《ばんしゆうひめじ》の出身で、二十六歳である。秀士館に入門した門人の中では、古株《ふるかぶ》といってよい。抜きんでた腕前を買われて、師範代に準ずる者として門人を教えている。酒井《さかい》家十五万石の家臣だが、勤番《きんばん》でも在府《ざいふ》の者でもない。主君の酒井侯に剣の腕を買われて剣術修行を許され、秀士館に入門することになった。穏やかな気性で、話しやすい男である。

「お客さまです」

誰が来たのか、直之進は確かめるまでもなかった。十郎左の背後に、伊助が恐縮《きようしゆく》したように立っていたからだ。

「おはようございます」

丁寧《ていねい》に頭を下げてくる伊助に、直之進は歩み寄った。

「では、それがしはこれで失礼します」

一礼して、十郎左が直之進たちから離れていく。それを見送って直之進は伊助に声をかけた。

「伊助、おはよう」

間を置かずに直之進は言葉を続けた。

「おさちのことで、なにかわかったか」

直之進にきかれて伊助が渋い顔になる。

「いえ、新たにわかったことはありません」

「そうなのか……」

「はい、申し訳ありません」

「いや、伊助が謝《あやま》るようなことではない」

かぶりを振った直之進は真顔になった。

「昨日おぬしは、おさちがかどわかされたらしいと申したが、やはりまちがいないのか」

「まちがいないようでございます。まだおさちさんは岩田屋に戻っておりませんので……」

「ふむ、そうなのか」

おさちは無事でいるだろうか、と直之進は考えた。無事に決まっている。悪いことは考えないほうがよい。

「下手人《げしゆにん》から身代の求めはあったのか」

「いえ、いまだにないようでございます」

「ないか……」

「富士太郎さんはどうしている」

「珠吉《たまきち》さんと一緒におさちさんの探索をしています。今のところは岩田屋の主人恵三に怨みを持つ者の仕業《しわざ》とみて、身辺を調べているはずです」

恵三は阿漕《あこぎ》な商売を行っており、江戸庶民の怨嗟《えんさ》の的《まと》である。米問屋だというのに賭場《とば》を営み、商売敵《しようばいがたき》を博打《ばくち》に引きずり込んで借金漬けにし、次々に店を乗っ取って江戸でのし上がってきたのだ。

「しかし、縄張《なわばり》外の上野北大門町にある岩田屋の一件にもかかわらず、なにゆえ富士太郎さんが探索に当たっているのだ」

そのわけはだいたい見当がついているが、直之進は伊助にたずねた。

「それでございますか」

遠慮《えんりよ》がちに直之進に近づき、伊助が声をひそめる。

「うちの旦那がおさちさん捜しに動くことになったのは、岩田屋さんが町奉行所に助けを求めたからではないのです」

うむ、と直之進はうなずいて伊助に話を進めるよう促《うなが》した。

「実は、老中首座《しゅざ》の堀江《ほりえ》信濃守《しなののかみ》さまが南町のお奉行に、直々《じきじき》に探索するように命じたようなのです」

やはりそうであったか、と直之進は納得《なっとく》した。岩田屋は江戸でも屈指の大店《おおだな》だけに、恵三は公儀の要人とも深いつながりがあるのだ。

前に聞いたが、その中でもとりわけ堀江信濃守と懇意《こんい》で、役宅にもたびたび足を運んでいるらしい。堀江信濃守も恵三に劣らず悪辣な男という評判だが、腹黒い二人が顔を寄せ合って、いったいどんな話をしているのか。

とにかく、恵三に泣きつかれた堀江信濃守が、南町奉行曲田《まがった》伊予守《いよのかみ》に、他の案件は差し置き、特に力を入れて探索するよう、申しつけたのだろう。

そのために、南町奉行所きっての腕利きの富士太郎に、白羽《しらは》の矢《や》が立ったのだ。もちろん、上野界隈《かいわい》を縄張にする同心も、富士太郎に負けじと必死に探索しているにちがいない。

「ところで伊助。おさちがかどわかされたと、なにゆえわかったのだ」

新たな問いを直之進はぶつけた。はい、と伊助が相槌《あいづち》を打つ。

「おさちさんは二日に一度、薙刀《なぎなた》を習うために剣術道場に通っていたのですが、その帰りにさらわれたらしいのです」

――おさちが薙刀を……。

それは直之進にとって初耳だったが、おさちは強い男が好きだといっていたから、剣術道場でそういう男を捜そうという気があったのかもしれない。それとも、ただ単に自分が強くなりたいと思ったのだろうか。

「そこまでわかっているということは、誰か、おさちがかどわかされたところを見た者がいるのか」

はい、と伊助はうなずくと、岩田屋の奉公人が聞き込んできたという話をする。

「おさちさんは道場から岩田屋に戻る途中、北大門町の手前で人《ひと》けのない路地を通るのですが、一昨日の夕方、若い娘が数人の男に駕籠《かご》に押し込められたのを目にした者がいます。引戸《ひきど》のせいで娘の顔は、よく見えなかったようですが……」

「おさちは一人で道場に通っていたのか」

「岩田屋さんは供《とも》をつけたいと思っていたらしいのですが、おさちさんがいやがっていたようです」

そうか、と直之進はつぶやいた。

「おさちは、薙刀や小手や胴、面などの道具はどうしていたのだろう」

「とおっしゃいますと」

「道場の行き帰りに、薙刀や道具をいつも運んでいたのだろうか」

「いえ、それは道場に預けていたそうにございます」

「では、駕籠が去ったあとに面や胴、小手などがその場に残されていたのではないのだな」

「さようにございます」

「駕籠に引戸があったとのことだが、権門《けんもん》駕籠だったのか」

権門駕籠は引戸駕籠とも呼ばれ、屋根が大きく開くようになっていて引戸がついている。人を押し込むには恰好の駕籠であろう。

「漆塗《うるしぬ》りの屋根が開いており、引戸のところには竹の簾《すだれ》がかかっていたそうでございますから、おそらく身分のある方が使う駕籠でまちがいないものと……」

「おさちと思える娘は数人の男に押し込められたといったが、男たちは侍だったのか」

いえ、と伊助がかぶりを振った。

「侍ではなく、町人のように見えたといっておりました」

「権門駕籠に町人か……」

高名な医者のように名字帯刀《みようじたいとう》を許された者なら、権門駕籠に町人が関わっていてもおかしくはない。権門駕籠は、大名の家臣が主君の命で他家へ赴《おもむ》くときに用いることが多い。

「駕籠のかき手は四人だったか」

「そのようです。四人とも、武家の駕籠かきといった形《なり》をしていたそうです」

「そうか。行方知れずになった一昨日、おさちがどんな着物を着ていたか、わかっているのか」

「わかっています。濃紫《こむらさき》の小袖《こそで》を着て、その上に渋い赤地の縞柄《しまがら》の半纏《はんてん》を羽織《はお》っていたそうです」

「駕籠に押し込められた娘は、どんな恰好をしていた」

「赤地の半纏を着ていたそうです。その下がどんな着物だったかまではわからなかったそうですが……」

「赤地の半纏を着ていたのか……」

女物の半纏としてはかなり見かける色だから断定はできないが、その娘がおさちであるとみてまちがいないであろう。

「頭巾はどうだ。まだ寒さが続いているし、御高祖《おこそ》頭巾などおさちはかぶっていなかったのか」

「駕籠に押し込められた娘は、頭巾の類《たぐい》はなにもかぶっていなかったらしいのですが、駕籠に押し込められる前に、賊に取られたのかもしれません」

確かにそれは考えられるな、と直之進は思った。

「伊助、よくわかった。ほかになにかあるか」

「いえ、今のところは。なにかわかりましたら、すぐにお知らせにあがります」

「そうか、頼む。伊助、ご苦労だったな。まことにかたじけない」

直之進は伊助をねぎらった。

「いえ、そんな……。では、手前は番所に戻ります」

頭を深く下げて伊助が去っていった。

——そうか、富士太郎さんをもってしても、おさち捜しはあまり進んでおらぬのか……。

すぐに炊き出しの準備に戻ったが、直之進は暗澹《あんたん》とせざるを得ない。おさちは朗《ほが》らかで、よく気がつく優しい娘だ。売り物の米にけちをつけて岩田屋を強請《ゆす》ろうとした四人組の浪人に、ひもじいだろうと、自分でつくった握り飯を渡すくらいである。

——あの娘になにかあったとしたら……。

直之進の手はついつい止まってしまう。米が炊き上がった釜を竈から外し、新たに米を研《と》ぎはじめたものの、すぐに上《うわ》の空《そら》になり、いつのまにか、おさちのことを考え、気もそぞろになっている。

「湯瀬師範代、手が止まっておられますよ」

道場で薙刀の師範代をつとめる荒俣菫子《あらまたすみれこ》に注意された。

「ああ、済まぬ」

すぐさま直之進は手を動かし、白濁《はくだく》した研《と》ぎ汁を捨てて、新しい水を柄杓《ひしゃく》で釜に何杯も入れた。再び米を研ぎはじめる。

横から菫子が語りかけてくる。

「湯瀬師範代は、岩田屋の娘御の行方知れずが気になっておられるのですね」

菫子にきかれた直之進は、うむ、と首を縦に振って研ぎ上がった米が入っている釜を竈の上にのせた。それから今どのような状況になっているか、事情を菫子に話した。

「そうですか」

聞き終えて沈痛《ちんつう》な面持《おもも》ちの菫子がうつむく。すぐに面を上げた。

「おさちさんという娘が無事に戻ってくれたら、それ以上のことはないですね。力になれるのなら、私はなんでもいたしますよ。湯瀬師範代、なんなりとお申しつけください」

「ありがたし」

直之進は心の底から菫子に感謝した。

「荒俣師範代が力になってくれるのなら、百人力だ」

「俺も手伝おう」

それまで黙って炊き出しの仕事に精を出していた佐之助が申し出る。

「倉田、頼めるか」

「むろんだ」

「そのときが来たら、二人に必ず頼むことにする」

「うむ、それでよい」

張り切った顔で佐之助が請け合った。菫子も決意を感じさせる表情をしている。

朝の炊き出しは、四つを過ぎたあたりで区切りがついた。一息ついた直之進は岩田屋に行くことにし、館長の大左衛門に他出の許しをもらうことにした。

いま大左衛門は、秀士館の敷地内に掘《ほ》っ立《た》て小屋のようなものを建てて、そこで暮らしている。その掘っ立て小屋に向かおうとしたとき、見覚えのある顔が前方から駆け寄ってきた。

「岩田屋ではないか」

恵三は血相《けっそう》を変えていた。供には二人の若い手代がついている。

「ああ、湯瀬さま」

しがみつかんばかりの仕草《しぐさ》で恵三が足を止める。

この様子ではおさちはまだ見つかっておらぬな、と直之進は覚った。

「あの、おさちがこちらに来ておりませんか」

思いもかけなかったことをきかれ、直之進は少し驚いた。

「ここにおさちがいるかもしれぬと思って、おぬしは来たのか」

「さようでございます」

さも当たり前のような顔で恵三が首肯《しゅこう》した。

「なにしろうちの娘は、湯瀬さまのお妾《めかけ》になりたいといっておりましたから。湯瀬さまのところに押しかけてはおりませんか」

「おさちは、かどわかされたのではないのか」

恵三が眉根を寄せ、険《けわ》しい顔になった。

「そうかもしれませんが、手前はまだ望みを捨てておりません」

すがるような思いでここまでやってきたのだな、と直之進は考えた。

「うちの近所で駕籠に押し込まれた娘がいるとは聞いたのですが、それがおさちだと決まったわけではありませんから」

その通りではあるが、と直之進は思った。道場からの帰り道で男たちの手で駕籠に押し込められた娘がいたのは、動かしようのない事実で、実際おさちは家に帰っていないのだから認めるしかないはずだ。

——だが、受け容れ難いという父親の気持ちもわからぬではない……。

直之進は、冷たく突き放すことができなかった。

「気の毒だが、ここにおさちは来ておらぬ」

伝えながら、直之進は胸を痛めた。

「さようにございますか」

ため息をついて恵三が肩を落とした。

「岩田屋、どのような事情なのか、わかっている限りのことを話してくれぬか」

ゆっくりと面を上げ、恵三が直之進を見る。

「承知いたしました。しかし湯瀬さま、手前がお話しできることなど大してありません」

一昨日、いつものように昼の八つ頃に剣術道場に出かけたおさちが、夜になっても帰らなかった。恵三は驚いて剣術道場に人をやったが、おさちは七つ半に道場を出ていた。

店の者に命じて総出で捜させたが、おさちは見つからなかった。かどわかしや神隠しなどが考えられ、おさちのことが心配でならなかった恵三はいても立ってもいられず、一昨日の晩の五つ半頃に堀江信濃守を訪ね、娘の捜索に町奉行所が動くよう、働きかけを依頼した。

堀江信濃守は快諾し、すでに四つを過ぎていたにもかかわらず、使者を南町奉行の曲田伊予守のもとへと走らせた。

――やはり思った通りであったか……。

「手前たちも必死になって娘を捜しているのですが、まだなんの手がかりもありません」

無念そうに恵三が唇を嚙《か》んだ。

「町奉行所だけでなく、おぬしもおさちを捜しているといったが、どのような手を打ったのだ」

直之進をじっと見て、恵三が顎《あご》を小さく上下させた。

「湯瀬さまもご存じの通り、手前の店にはやくざ者も出入りしております。その者どもに命じて、おさちが行きそうな心当たりを捜させております。今は全部で十人ばかりの者を動かしています」

それだけの人数を動員しても、まだ見つかっていないのだ。おさちはいったいどこに行ってしまったのか。

「おさちの行方につながる手がかりも、つかめておらぬのか」

「はい、なに一つ、つかめておりません」

恵三は落胆《らくたん》を隠せずにいる。岩田屋、と直之進は呼びかけた。

「もしおさちがかどわかされたのではないとしたら、姿を消したことに、どんなわけが考えられようか」

えっ、と恵三が目を大きく見開く。

「湯瀬さまは、かどわかされたのではないとお考えですか」

「いや、そうではない。今はあらゆる事態を頭に入れておきたいのだ」

「ああ、そういうことでございますか……」

うつむき、恵三が考えはじめた。

「いいにくいが、おぬしに嫌気《いやけ》が差しての家出とは考えられぬか」

「なんですと」

恵三が意表を突かれた顔になった。

「酷《こく》なことをいうようだが、おさちはそなたの阿漕な商売のやり口を嫌っておったようだからな」

「さ、さようでございますか……。娘がそのような……」

おさちの気持ちにまったく気づいていなかったらしく、恵三が困惑の表情になった。

「あの、湯瀬さま。こたびの一件ですが、おさち自身が打った狂言《きようげん》ということは、あり得ませんでしょうか」

「それは俺も考えた」

間髪《かんはつ》を容《い》れずに直之進は同意を示した。

「だが、数人の男に駕籠に押し込められたというのが事実なら、狂言で果たしてそこまでやるものなのか。俺には疑問が残る」

「確かに、湯瀬さまのおっしゃる通りでございますね。狂言なら、娘はただ行方をくらませばよいだけでございますからな……」

　無念そうに恵三がかぶりを振った。

「岩田屋、おさちが行きそうな場所は、すべて捜したのか」

「はい、心当たりにはすべて人を走らせました。手前も自分の足で歩いて捜し回りましたが……」

　萎《しお》れた草のように恵三がうなだれた。途方《とほう》に暮れたように顔を上げ、寒空を見つめる。

「しかし、もしおさちの行方知れずが、家出や狂言だったとしたら、どんなによいことか」

　仮に家出だとしても、下手をすれば、やくざ者などに言葉巧みにだまされ、女郎宿に売られることもあるはずだ。それでも、命の危険まではないだろう。だが、かどわかしなら、身代を要求され、最悪の場合、金を奪われて遺骸《いがい》だけが帰ってくるということも十分にあり得る。

「おぬしが誰かに怨みを買っており、そのせいでおさちがかどわかされたとは、考えられぬか」

　直之進にずばり指摘されて、恵三が言葉を失った。しばらく放心していたようだが、やがて我に返ったのが知れた。

「そ、そのようなことはないと思うのですが……。手前に怨みを持つ者は少なくないのでしょうが、それならばその矛先《ほこさき》は、手前にじかに向けられるのではないでしょうか」

「相手はただ、おぬしの一番の弱みを突いてきただけかもしれぬ」

「そ、そんな。手前の娘に罪はございませんのに……」

もし恵三の悪行のせいで、おさちがかどわかされたのだとしたら、まさに因果《いんが》応報《おうほう》としかいいようがない。

「最近おさちの身の回りで、なにか妙なことはなかったか。怪《あや》しげな者がうろついたり、おさちが身の危険を感じたりするようなことを口にしていなかったか」

唇を噛んで恵三が首をひねる。

「おさちからは、なにも聞いておりません。しかし、いわれてみれば、ここ最近、なにか塞《ふさ》ぎ込む様子であった気がしないでもありませんが……」

「塞ぎ込む様子だと」

じりと土を踏み締め、直之進は恵三に少し近づいた。

「おさちは、なにかに悩んでいる様子だったのか」

直之進に強い口調できかれて、恵三が顔をゆがめた。

「娘には、なにか悩みがあったのかもしれませんが、手前にはそれがなんなのか、まったく見当もつきません……」

残念そうに恵三が口にした。父親に懐《なつ》いているとはいえない娘だったから、恵三がおさちの心の内を覚《さと》れなかったのは無理もないことだろう。

ほかに岩田屋にきくべきことはないか、と直之進は考えた。今のところ、思いつくことはなかった。

「あの、湯瀬さま」

どんよりと濁った目で恵三が直之進を見る。

「もしおさちがかどわかされたのであれば、賊からつなぎがあるでしょう。それに備えて湯瀬さま、うちの店に詰めていただけませんでしょうか」

必死の面持ちで恵三が懇願《こんがん》してきた。

「もちろん構わぬ」

直之進は即答した。

「ありがとうございます」

ほっとした顔で恵三が謝辞を述べた。

「賊と取引となれば、そのときに手前が心から頼りにできるのは、湯瀬さましかおりません」

「よくわかった。今日から、おぬしの店に詰めることにしよう」

「ありがとうございます」

先ほどと同じ言葉を繰り返して、恵三が深々と腰を折った。

おさちがかどわかされたのは、もはや疑いようがない。直之進自身、この一件にはじかに関わらなければならぬ、と強く念じていた。

もし賊と取引ということになれば、と思った。

――必ずおさちを無事に取り戻さねばならぬ。

直之進はかたく決意した。

四

風は冷たいが、負けていられない。

おさち捜しに樺山富士太郎が意気込んでいるのは、南町奉行の曲田伊予守に、じきじきに命じられたからではない。

奉行の命がなくても、若い娘のかどわかしとなれば、自分が懸命に探索することはよくわかっている。

――裏に老中首座がいようといまいと関係ないさ。

なんとしても、おさちを無事に救い出そうという思いで、富士太郎は必死になっているのだ。縄張の見廻りは免除になっている。富士太郎の代わりに臨時廻《りんじまわ》りの山南啓兵衛《やまなみけいべえ》が、富士太郎の縄張を見廻ってくれている。

いま富士太郎が珠吉とともに向かっているのは、下谷稲荷町《したやいなりちょう》にある杉浦《すぎうら》道場である。もう一人の中間《ちゅうげん》の伊助は、直之進へ使いに出した。足が速いから、もう秀士館に着いたかもしれない。

――直之進さんは、おさちが案じられてならないだろうね。もし直之進さんがおさちの探索に加わってくれたら、一気に調べが進むんだろうけど、なにしろ忙《いそが》しい人だからね。だから、おいらが一所懸命がんばらなくちゃいけないよ。

寒風に立ち向かうように足を運びながら、とにかく、と富士太郎は思った。

――杉浦道場の師範や師範代、門人たちに、改めておさちについて、話をきかなきゃならないよ。

一応、一昨日のおさちの様子については、昨日のうちに上野界隈を縄張にしている先輩同心の曲淵献太夫《まがりぶちけんだゆう》が事情をきいている。だが、そのときの聴取では、ほとんど手応《てごた》えがなかったようなのだ。

しかし今日、富士太郎自身が改めておさちについてきけば、なにか思い出すことがあるかもしれない。それを富士太郎は心から期待していた。

若い娘が数人の男に駕籠に押し込められて姿を消したのは、一昨日の夕刻である。

——おさちらしき娘を駕籠に押し込んだ男たちは、いったい何者なのだろう。なにゆえ、かどわかしたのか。やはり、金目当てなのだろうか……。

足を急がせつつ、富士太郎は頭を働かせた。岩田屋恵三に怨みを持つ者なのか。それとも、ただ身代《みのしろ》を目当てに、金持ちの娘をかどわかしただけなのか。

おさちは器量好《きりようよ》しだというから、女郎として売り飛ばそうと企《たくら》んだ者の所行《しよぎよう》だと考えられないこともない。

——ほかに、おさちがさらわれなければならないわけがあるかな……。

思案《しあん》してみたが、富士太郎の脳裏には一つも浮かんでこなかった。

——まったく巡りの悪い頭だよ。もっと頭が働けば、探索だって調子よく進むだろうに……。

ない物ねだりをしてもしようがない、と富士太郎はすぐさま気持ちを切り換えた。

——おいらはおいらなりに、がんばるしかないんだ。

やがて道が上野に入った。その先の入り組んだ武家町の道は、珠吉が先導してくれた。

おかげで、富士太郎はあっさりと杉浦道場の前に立つことができた。

杉浦道場は、下谷稲荷社から一町ほど南に下ったところにあった。あたりは、武家屋敷ばかりである。ほかには、寛永寺《かんえいじ》の末寺《まつじ》と思える二つの寺が散見《さんけん》できた。

剣術道場といっても目の前に建っているのは広壮《こうそう》な武家屋敷で、大きな門に『豪奏流《ごうそうりゅう》杉浦道場』と記された看板が出ていなかったら、ここが目的地だとは、まずわからなかっただろう。

「まさか、こんなに立派なお屋敷だとは、思いもしなかったよ」

事前に聞いていた話では、杉浦道場は九百五十石の旗本当主杉浦憲左衛門《けんざえもん》が道場主を務め、奥方の優香里《ゆかり》が薙刀を教えているとのことだ。おさちは優香里から稽古をつけてもらっていたのだろう。

「九百五十石で、この広さですか」

刮目《かつもく》した珠吉が声をひそめた。

「五千石の大身《たいしん》といっても、いいようなお屋敷ですね」

「町奉行所の同心屋敷なら、十戸くらいは楽に入ってしまいそうだよ」

「本当ですね」

そう受けた珠吉が前に出て、見上げるような長屋門に付属している門番の詰所《つめしょ》に訪《おとな》いを入れた。

小窓が開き、門番らしい男が顔をのぞかせる。丁寧な口調で用件をきいてきた。

――躾《しつけ》が行き届いているようだね。主人から、決して居丈高《いたけだか》にならぬよう、かたく命じられているのかな……。

主人の威光を笠に着て、傲慢《ごうまん》な口の利き方をする門番は少なくないのだ。

小窓を見上げて、珠吉が手際《てぎわ》よく用件を話した。おさちの行方知れずの一件は杉浦家の家臣たちにも知れ渡っているらしく、富士太郎たちはすぐに門をくぐり抜けることができた。門番の導きで敷地内を進んだ。

道場は母屋《おもや》とは別の場所にあった。日当たりのよい場所で、もともとは離れだったのではないかと思える建物である。

もっとも、道場にしつらえ直しただけのことはあって、十畳間が四つはあったのではないかと思える広さだ。

まだ午前の四つ過ぎだというのに、道場からは気合や竹刀《しない》を打ち合う音、床板を蹴る音が響いてきていた。

道場の入口にも『豪奏流杉浦道場』と太く墨書《ぼくしょ》された看板が立てかけられていた。

出入口の板戸をからりと横に引き、門番が、殿さま、と大声で道場内に声をかけた。

「御番所のお役人がお見えになりました」

その声に応じて、一人の侍がのそりと姿を現した。富士太郎を瞬《まばた》きをしない目でじっと見る。

「南町奉行所よりまいりました。それがしは樺山富士太郎と申します。こちらは中間の珠吉でございます」

「それがしは杉浦憲左衛門と申す。当道場の師範を務めておりもうす」

憲左衛門は、三十をいくつか過ぎたくらいだろう。直之進や佐之助とほとんど変わらないのではないか。

「樺山どの、今日はどんな御用でいらしたのかな」

「おさちの一件で、今一度お話をうかがいたくまいりました」

「ほう、おさちのことでござるか。昨日も町方同心が見えたが、今日はまた別のお方でござるか。お役目、ご苦労に存ずる」

朗々《ろうろう》たる声でいって憲左衛門が会釈《えしゃく》した。

「どうぞ、こちらへお上がりくだされ」

富士太郎と珠吉は、憲左衛門の案内で道場に通された。中はすべて板張りになっており、二十人ほどの門人が稽古に励《はげ》んでいたが、富士太郎たちが入ってきたのを見てほとんどの者が手を止めた。

「なにをしておる」

鷹のように鋭い目になった憲左衛門が門人たちを叱責《しっせき》した。

「稽古を続けるのだ」

あわてた様子で、門人たちが竹刀を再び振りはじめた。

「こちらにお座りくだされ」

憲左衛門に勧められて、富士太郎と珠吉は見所《けんぞ》に端座《たんざ》した。憲左衛門が富士太郎の正面に座す。

「おさちのことで、なにか新たにわかりましたか」

真剣な顔で憲左衛門がきいてきた。

「いえ、実はなにも……。残念ながら、まだ手がかりらしきものもなく、おさちの行方はわかっておりませぬ」

「さようでござるか……」

悔《くや》しそうに憲左衛門が顔をゆがめた。

「おさちの行方を摑む手がかりをなんとしても得たいと願い、我らはまかり越しました」

「日を変えれば、また同じ者に話を聞いても、別のことを話してもらえるかもしれぬとの考えでござるな。わかることはすべて答えるゆえ、なんでもきいてくだされ」

「かたじけなく存じます」

憲左衛門に向かって富士太郎は頭を下げた。

——このお人なら、門番のあの態度もわかろうというものだ。

「では、さっそくうかがいます」

憲左衛門を見つめ、富士太郎は腹に力を入れた。

「一昨日、おさちはどんな様子でしたか。なにか変わった様子はありませんでしたか」

憲左衛門は、ほとんど考えるさまを見せなかった。

「一昨日は、奥《おく》の具合がよくなかったので、それがしがおさちに薙刀の稽古をつけもうした。おさちは心なしか元気がなかったが、朗らかさはいつも通りで、常とさほど変わらなかったように存ずる」

「心なしか元気がなかったのですか。なにゆえかご存じですか」

「いや、それはわかりませぬ。別に問《と》い質《ただ》しもしなかったので……」

いかにも申し訳なさそうに憲左衛門が首を横に振った。

「おさちですが、身の回りで最近なにか妙なことはありませんでしたか」

富士太郎は新たに憲左衛門にきいた。

「例えば、怪しげな者が身辺をうろついたり、おさちが身の危険を感じたりするようなことは、ありませんでしたか」

問い詰めるような口調にならないように富士太郎は気を遣った。

「いや、それはないと存ずる……。あっ、うろつくか……。そういえば——」

なにかを思いついたような声を発した憲左衛門が、道場のほうを見やった。

「里岡《さとおか》っ」

声を張り上げて、憲左衛門が一人の門弟を手招く。はい、と答えた男が竹刀を止めて稽古相手に一礼し、見所に走り寄ってきた。

「師範、お呼びでございますか」

片膝をついて、里岡と呼ばれた男がかしこまる。

「まずはここに座れ」

「はっ」

見所の端に端座した里岡が面を取って、かたわらに置いた。歳は二十二、三というところか。富士太郎には、里岡が自分と同じくらいの歳に見えた。

「この男は里岡礼一郎《れいいちろう》という者で、まだ若いが、なかなかの遣い手でござる」

畏《おそ》れ入《い》りますというように、里岡が低頭《ていとう》した。よろしくお願いします、といって富士太郎も頭を下げた。

憲左衛門が呼び寄せたからには、この里岡という男から、なにか新しい話が聞けるにちがいない。いやが上にも富士太郎の期待は高まった。

「実はこの男、おさちに懸想《けそう》しておりましてな」

「し、師範」

驚きの顔で里岡が憲左衛門を見る。目が泳いでいた。

「なに、照れずともよい」

まじめな表情を崩すことなく、憲左衛門が里岡にいった。

「若い男が若い娘を好きになるのは、至極当たり前のこと。おさちは気立てがよい上に器量好しだ。里岡のほかにも、懸想している者はいくらでもおろう。ぐずぐずしておると、ほかの男に取られてしまうぞ」

「はあ……」

里岡から目を離し、憲左衛門が富士太郎に眼差しを注ぐ。

「道場でおさちが稽古を終えると、里岡もすぐに帰り支度《じたく》をはじめるのでござる。里岡、それはまちがいなかろう」

「えっ、はっ、はい。師範のおっしゃる通りでございます」

観念したように里岡が答えた。

「一昨日も同じであった。おぬし、帰るおさちのあとを、いつもつけているのではないか」

「し、師範、いったい、な、なにをおっしゃるのでございますか」

「とぼけずともよい」

柔《やわ》らかな目をした憲左衛門が、優しく笑いかける。

「実を申せば、わしにも覚えがあってな。わしは奥を初めて見た瞬間、心を奪われてしもうた。それからというもの、奥の屋敷の近くまで行っては、他出する奥のあとをよくつけたものよ」

「えっ、師範がそのようなことを……」

ぽかんと口を開けて、里岡が絶句する。富士太郎も同じ気持ちである。謹直《きんちょく》そのものに見える憲左衛門が過去にそんなことをしていたとは、にわかに信じられなかった。

「ひと言でいいから言葉を交わしたい、そう思うおぬしの気持ちはよくわかる」

本当にそういうものなのだろうか、と富士太郎は考えた。

――おいらは智《とも》ちゃんを好きになった頃、別にあとをつけようとは思わなかったねえ。

それは、同じ屋敷で一緒に暮らしていたからかもしれない。腰を痛めた母田津《たづ》の面倒をみるため、同居してもいいと智代《ともよ》がいってくれたからだ。もし智代が通いだったら、帰るところをつけていたのかもしれなかった。

――もっとも、前は直之進さんのことが好きで好きでたまらなかったからね。あのときは、いつも直之進さんのそばにいたかったなあ。普通の男なら、好きなおなごのあとをつけてみたくなるのかもしれないね……。

「おぬし、剣術の稽古では深く踏み込めても、おさちに話しかける勇気は持っておらぬな……」

「は、はい……」

おそらく、と富士太郎は察した。話しかける勇気がないわけではなく、里岡自身、おさちが悪名高い岩田屋の娘であることを気にして、一歩踏み出せずにいるのではないか。富士太郎にはそうとしか思えなかった。

里岡、と憲左衛門が呼びかける。

「おぬしは今日、おさちがかどわかされたことを初めて聞いてから、ずっと心ここにあらずだ。稽古に身が入っておらぬ。よいか、里岡。もし一昨日になにか見ていたら、樺山どのに包み隠さず申し上げるのだ。それが、おさちを救う唯一の道と心得《こころえ》よ」

懇々《こんこん》と諭《さと》された里岡が、わかりました、と覚悟を決めたようにいった。居住《いず》まいを正し、富士太郎にこうべを垂れる。

「師範のおっしゃる通りにございます。ただし、申し開きをするわけではありませぬが、それがしがおさちどのの姿を見たのは下谷辻番屋敷町《したやつじばんやしきちょう》までです」

「といいますと」

富士太郎はすぐさま問うた。憲左衛門は黙って里岡を見ている。

「それがしの屋敷は松下町《まつしたちょう》にあり、帰り道はおさちどのと途中まで同じですが、下谷辻番屋敷町の辻でそれがしは南へ曲がり、おさちどのは西へそのまま進みますので……」

松下町といえば、と富士太郎は頭に地図を思い描いた。神田川《かんだがわ》に架《か》かる和泉橋《いずみばし》の手前にある町だ。

「では、一昨日もその辻でおさちと別れたのですね」

「いえ、それがしはおさちどのから十間ばかり後ろを歩いていただけで、一緒に帰ったわけではないのです。おさちどのと一言でも言葉を交わせればと願っておったのですが勇気が出ず、あの日も話しかけることができませんでした」

「では、おさちが駕籠に押し込められるようなところは見ていないのですね」

「えっ、おさちどのは駕籠に押し込められたのですか」

驚愕《きょうがく》した里岡がきいてくる。憲左衛門も目をむいている。

「北大門町に入る手前の路地で若い娘が駕籠に押し込められるのを見た者がおります。ただ、それがまことにおさちなのか、いまだにはっきりしておらぬのです」

「その駕籠に押し込められた娘は、どんな形《なり》をしていたのですか」

必死な面持ちで里岡がきいてくる。

「赤地の半纏を着ていたようです」

むっ、とうなって里岡が顔をしかめる。

「一昨日、おさちどのは渋い赤地の半纏を着ていました。それに濃紫の小袖です」

「娘が駕籠に押し込められるところを目の当たりにした人は、濃紫の小袖までは見ておらぬそうです」

「御高祖頭巾はどうです。おさちどのは黒の縮緬《ちりめん》の御高祖頭巾をしていたのですが……」

富士太郎は少し目を落とした。

「御高祖頭巾も見ておらぬようです」

「さようですか」

わずかだが、明るい光が里岡の瞳に宿った。気持ちはわかるけど、と富士太郎は思った。娘が駕籠に押し込められるところを目にした者が御高祖頭巾を見ていなかったからといって、それがおさちではないとは言い切れない。

「里岡どの、おさちの後ろを歩いているとき、怪しげな人影を見たり、剣呑《けんのん》な気配を感じ取ったりはしませんでしたか」

富士太郎にきかれて里岡が首を傾《かし》げる。

「いえ、なにもなかったと思いますが……」

「里岡、もっとよく考えるのだ」

憲左衛門が励ますようにいった。

「一昨日のそのときのことを、眼前に引き寄せるようにするのだ」

「はっ、わかりました」

目を閉じ、里岡が沈思《ちんし》する。

「そういえば……」

「なにか思い出しましたか」

すかさず富士太郎は声をかけた。目を開けた里岡がうなずいてみせた。

「あのときは、日暮れが近くなっていたこともあり、帰宅する者たちが通りを繁《しげ》く行きかっていました。あのときの様子をいま思い出してみると、その中で一人だけ、妙な男がいたように思います」

「妙な男ですか。それは里岡どのが知っている者ですか」

いえ、と里岡がかぶりを振った。

「知らぬ者です。一本差の浪人だったと思います。その者は家路を急いでいる者たちとは、明らかにちがっていました」

——この話は、曲淵さんも聞いていないはずだよ。

「なにがちがったのですか」

「ほかの者は寒風に吹かれながらも、笑い合って楽しそうだったり、足取りが弾《はず》んでいたりしたのですが、その浪人は一人、異なっていました。それがしの五間ほど前を歩いていましたが、じっとおさちどのをにらみつけていたように思います」

「その浪人はおさちをつけていたのでしょうか」

「おそらく、そうではないかと……」

「その浪人はどのような者でしたか」

勢い込んで富士太郎はたずねた。

「いま思い返すと、それがしはこれまでに二度か三度、あの浪人の姿を見かけたことがあるような気がします。そのいずれも、それがしがおさちどのの後ろを歩いていたときだったように思います」

何度か浪人を見たということは、と富士太郎は考えた。その浪人は、かどわかすのに恰好な頃おいを探るために、おさちの身辺を調べていたのかもしれない。

――その浪人がこたびの一件に関わっているのは、まずまちがいないんじゃないかね。

初めての手がかりではないか、と思い、富士太郎は拳をぎゅっと握り込んだ。

「その後、その浪人はどうしましたか」

その問いを受けて里岡が恥じ入るように下を向いた。

「わかりませぬ。それがしは下谷辻番屋敷町の辻に立ち、遠ざかるおさちどのの後ろ姿を見送るほかなかったわけですから。あの日、それがしが勇気を振りしぼって声をかけていれば、おさちどのがかどわかされるようなことはなかったのではと思うと……」

「いえ、ご自分を責めることはありません。致し方ないことです」

富士太郎はすかさず里岡を慰《なぐさ》めた。

「いえ、しかし……」

「里岡どの、過去を悔いるよりも、大切なのはこれからのことです。今から、その浪人の人相書《にんそうがき》を描きたいと存じますが、よろしいですか」

　富士太郎は里岡に申し出た。

「えっ、人相書ですか」

「さようです。浪人の顔を思い出せますか」

「それがしが見ていたのは、あの浪人の背中ばかりですから……。いや、待てよ」

　再び里岡が下を向き、考えはじめる。また顔を上げたときには自信のありそうな表情になっていた。

「あの浪人は、向こうから来た人と肩がぶつかりそうになり、後ろを振り返ってなにか文句をいっていました。そのときそれがしは顔を見ています。大丈夫です、思い出せると思います」

「それは助かります」

　珠吉、と富士太郎は背後に控えている中間を呼んだ。はい、と答えて珠吉が腰に吊《つる》してあった矢立《やたて》を取り、紙と一緒に手渡してきた。

それらを受け取った富士太郎は、筆にたっぷりと墨を含ませた。

――人相書を描くのはあまり得意じゃないけど、ためらってはいられないよ。やるしかないからね。

気持ちを落ち着かせた富士太郎は、里岡から浪人の年齢や顔の特徴を聞き出していった。決してあわてることなく、じっくりと人相書を描き進めていく。

四枚の反故《ほご》を出し、五枚目に至って、ようやく里岡が納得するものを描くことができた。さすがに富士太郎はほっとした。肩の荷が下りた気分である。

描き上げたばかりの人相書に、富士太郎はじっと目を落とした。

丸い顔をしており、どんぐりまなこに濃い眉、大きな鼻が目につく。歳は、三十にはまだ達していないだろう。

――ずいぶん愛嬌《あいきよう》のある顔だね。この人相書を各所に撒《ま》けば、そんなに手間をかけることなく見つかるんじゃないかね。

富士太郎はそんな期待を抱いた。墨が乾くのを待って、人相書を丁寧に折りたたみ、懐《ふところ》にしまう。

ほかに憲左衛門たちに問うべきことがないか、富士太郎は考えてみたが、頭に浮かんでくるものは一つもなかった。

「ありがとうございました」

頭を下げて、富士太郎は憲左衛門と里岡に深く礼を述べた。

「この人相書を手がかりに、おさちの行方《ゆくえ》を調べてみることにいたします。お忙しいところ、お話をうかがわせていただき、まことにかたじけなく存じます」

珠吉を促し、富士太郎は立ち上がった。

「樺山どの」

富士太郎を見上げて、憲左衛門が呼びかけてきた。

「なにか我らにも手伝えるようなことはないか」

富士太郎は憲左衛門に微笑を向けた。

「杉浦さまのお気持ちはとてもありがたいですが、ここは我らにお任せくださ い」

自信を声音《こわね》ににじませて富士太郎は憲左衛門に告げた。

「さようか。餅《もち》は餅屋ということでござるな」

はい、と富士太郎は大きくうなずいた。

「わかりもうした。樺山どの、是非とも、おさちの無事な顔を我らに見せてくだされ。吉報をお待ちいたしておりもうす」

「お約束いたします」

　富士太郎は力強く答えた。

「杉浦さまのお気持ちに応えられるよう、ありったけの力を振りしぼって探索に当たります。必ず無事におさちを連れ戻します」

　杉浦道場をあとにした富士太郎は珠吉を連れて、さらに調べを進めてみた。

　すると、上野南大門町で小間物《こまもの》の行商人から、耳寄りな話を聞けたのだ。富士太郎としては、小間物の行商人なら上得意のおなごがたくさんいるのではないか、と思ったから声をかけたのだが、目の付けどころとして、悪くなかったようだ。

「おさちさんなら、手前はよく存じておりますよ。三日前にも若い娘と立ち話をしている姿を見かけました。なにやら、行方知れずになったと聞きましたが」

「いつ聞いたんだい」

「昨日ですね。いつものようにこの界隈を回っていたら、岩田屋さんの奉公人におさちさんのことをきかれたんですよ」

「そういうことか……」

　富士太郎は納得した。

「おまえさん、名はなんというんだい」

「あっしは、岩田屋さんの近所に住んでいる垣助《かきすけ》といいます。どうか、お見知り置きを」

「おいらは樺山富士太郎というよ」

なかなかいい男だね、と富士太郎は垣助を見て思った。役者が務まりそうな精《せい》悍《かん》な顔つきをしており、かなりもてそうだ。この顔は、商売にもきっと役立っているだろう。

「さっき、おさちが若い娘と立ち話をしているのを見たといったけど、詳しく話してくれるかい」

「お安い御用ですよ」

腕をまくり上げる仕草をして、垣助が請け合った。

「あれは、上野黒門町《うえのくろもんちょう》の人けのない路地でしたね。二人は道ばたに立って、話をしていましたよ。悲しみに打ち沈《しず》んだような顔をしている娘さんを、おさちさんが一所懸命に慰めている感じでしたね」

「もう一人の娘というのは、おさちの友達だろうか」

「きっとそうでしょう。手前は、器量好しで評判のおさちさんのことは前からよく知っていましたが、そのもう一人の娘さんのことも最近、知りました」

「えっ、そうなのかい」

「小間物の行商で娘さんの家に行ったことがありますから」

「その娘はどこの誰なんだい」

はい、といって垣助が唇を湿らせた。

「炭問屋の椎名屋《しいなや》さんの娘で、名はおきよさんといいます」

おさちに比べたらおきよにはあまり関心のない様子で、垣助が説明した。おきよは、あまり器量好しとはいえないのかもしれない。

「じゃあ、おさちと同じくらいの歳頃かい」

「おさちさんは十七でしたね。おきよさんも確か同い年ですよ」

「椎名屋はどこにあるんだい」

おきよがおさちの消息に関して、なにか知っているのではないかと、富士太郎はすでに椎名屋に行くつもりになっていた。

「二人が道端で話していたのと同じ、上野黒門町にあります」

「ああ、そうなんだね。ありがとう」

礼をいって垣助と別れた富士太郎たちは少し道を戻り、上野黒門町を目指した。

大通りから細い道に入ると、椎名屋はすぐに見つかった。炭、と記された看板が大きく張り出していたからだ。

近づいていくと、店には暖簾《のれん》がかかっているのが知れた。暖簾を払い、富士太郎は珠吉とともに店に足を踏み入れた。

「ごめんよ」

珠吉が中に声をかけると、富士太郎を見て、椎名屋の奉公人とおぼしき男が勢いよく近づいてきた。

「あ、あの、お嬢さまは見つかりましたか」

なぜそのようなことを問われるのか、富士太郎は一瞬、戸惑った。

「まさか、おきよも行方知れずになっているんじゃないだろうね」

「えっ、お役人はお嬢さんのことでいらしたんじゃないのですか」

「ああ、実はちがうんだよ。おさちのことで来たんだ」

「岩田屋さんの……」

奉公人とおぼしき男が落胆の色を見せた。

「おきよは、いつから行方知れずになっているんだい」

「あの、お役人。少しお待ち願えますか。いま旦那さまを呼んでまいりますから」

　着物の裾《すそ》を翻《ひるがえ》し、奉公人が内暖簾を払って奥に姿を消した。すぐに二人の男女を伴《ともな》って戻ってきた。おきよの両親のようだ。

「手前はこの店のあるじで、満吉《まんきち》と申します。こちらは女房のつねといいます」

　おつねと紹介された女が頭を下げた。

「こんなところで立ち話もなんですので、お上がりになりませんか」

　腰をかがめて満吉がいざなってきたが、富士太郎は断った。

「おまえさんたちが迷惑でなければ、ここでいいよ」

「いえ、迷惑だなんて、とんでもないことでございます」

「では、どういうことが起きたのか、順を追って話してくれるかい」

　富士太郎は満吉に水を向けた。

「承知いたしました」

　心を落ち着けるように満吉が深呼吸する。

「おきよがいなくなったのは、一昨日のことでございます」

「では、おさちと同じ日だね」

「さようにございます。あの日は岩田屋さんの奉公人がうちに飛び込んできまして、おさちさんが来ていないかきいてきました。うちは炭が売物ですから、夜の五つまで店を開けているのです」

そういう事情だったのかい、と富士太郎は思った。

「もっとも、うちもおきよが帰っておらず、てんやわんやでございました。おさちさんは、うちには来ておりませんでした」

「それでどうしたんだい」

「昨日の早朝、御番所に娘の行方知れずの届けを出しましてございます」

「それで、おいらが姿を見せたんで、おきよの行方知れずの件でなんらかの知らせを持って来たと思ったんだね」

「さようにございます」

先ほどの奉公人がいった。その届けのことを富士太郎は知らなかった。

曲淵も知らないのではないか。知っていたら、必ず教えてくれただろう。奉行所内で申し送りがうまくいかないとき、こんなことがしばしばある。

「もちろん、手前どもも自分たちでおきよを捜しておりますが、今のところ、これといって手がかりは……」

疲れ切ったように満吉が肩を落とした。

「おきよは一昨日、どこかに出かけていたのかい」

「はい、出かけておりました」

辛そうな風情《ふぜい》だったが、気力を奮い立たせたか、満吉がはっきりと答えた。

「娘は茶の湯を習っております。茶の湯のお師匠の家は近所で、うちから炭を仕入れていただいております。一昨日はその稽古の帰りに行方知れずになったようでございます」

「行方知れずになったのは何刻頃か、わかっているのかい」

「七つ半頃ではないかと存じます。茶の湯のお師匠のところを、そのくらいの刻限に出たそうですから」

おきよが何者かにさらわれたとしたら、と富士太郎は思案した。おさちとほぼ同じ刻限と考えてよいのではないか。

――もしや同じ者の仕業かな。そう考えるほうが自然だね。似たような刻限に同じような歳の頃の娘が行方知れずになったのだから。

賊たちはおきよをかどわかしたあと、おさちもさらったということか。権門駕籠には先にかどわかされた娘が、すでに押し込められていたのかもしれない。

――賊どもは、端《はな》から二人をかどわかすつもりでいたから、権門駕籠という大きな駕籠を使ったのかもしれないね。行き当たりばったりではなく、最初から二人をかどわかす計画を立てていたにちがいないよ。

「一昨日、おきよはどんな恰好をしていたか、覚えているかい」

「赤地の半纏に紺色の矢絣《やがすり》の小袖です」

「赤地の半纏を着ていたのかい」

「はい、さようでございます」

ならば、と富士太郎は思った。権門駕籠に押し込まれたのは、おきよかもしれない。

「御高祖頭巾はかぶっていたかい」

「いえ、かぶってはおりません」

富士太郎は顎に手をやった。

「あの、樺山さま。おさちさんの行方はわかったのですか」

きいてきたのは、おきよの母親のおつねである。

「いや、それがまだわかっていないんだ」

かぶりを振って富士太郎は唇を嚙み締めた。

「さようにございますか……」

おつねが気落ちしたような表情になる。その顔を見て、そういえば、と富士太郎は思い出した。小間物の行商人の垣助がおきよのことを、悲しみに打ち沈んだ様子の娘といっていたではないか。それをおさちが慰めていたようだと。

富士太郎は顔を上げて満吉とおつねを見た。

「つかぬことをきくが、おきよには最近、なにか悲しいことがなかったかい」

「悲しいことでございますか」

問い返しながらも、満吉はほとんど考える素振《そぶ》りを見せなかった。おつねも同じだ。

「七日前のことですが、おきよと一番の仲よしだった幼馴染《おさななじみ》が急に亡くなったんですよ。おそのちゃんという娘で、おきよとは同い年でした」

「そのおそのという娘は、なぜ亡くなったんだい」

「病で亡くなったようです……」

そうだったのかい、と富士太郎は相槌を打った。まさか、おそのは病死などではなく、殺されたなんてことはないだろうか。

だが、もしそうなら、家の者が町奉行所に必ず届け出るだろう。殺されたことを、わざわざ隠す必要などない。

「亡くなったおそのは、岩田屋のおさちとも仲がよかったのかい」

「そうだと思います。おさちちゃん、葬儀に来ていましたし……」

恵三は来なかったのかもしれない。評判通りの男なら、香典《こうでん》を惜しんだとしか思えない。

「そのおそののこととは別に、なにか悲しい出来事はなかったかい」

念のために富士太郎は問うた。

「なかったと思います。ここ最近でいえば、おそのちゃんが亡くなったことしか、思い当たりません」

辛そうな顔で満吉が小さく首を振った。おつねのほうは目に涙があふれ、今にもこぼれ落ちそうになっていた。

「おそのの家はどこにあるんだい」

富士太郎は満吉にたずねた。

「ああ、行かれますか」

「うむ、ちょっと話を聞こうと思ってね」

「さようでございますか。ここから一町も離れていません。浅居屋《あさいや》さんという蕎《そ》麦屋《ばや》ですよ」

「浅居屋だね」

「はい。『蕎麦』と看板が出ています。でも、店は開いていないかもしれません。おそのちゃんは一人娘でしたから、駒之助《こまのすけ》さん、おいとさん夫婦は、死なれたのがかなりこたえているみたいで……。一昨日の昼、うちのおきよが行方知れずになる前のことですが、手前はなんとなく様子を見に行ったんですよ。そのとき店は閉まっておりました」

「家人はいるんだね」

「家に閉じ籠もっているんだと思います。葬儀のあと、二人を見かけませんから……。一昨日はそっとしておいてやろうと思って、声はかけなかったんです」

満吉が一応、浅居屋までの道順を教えてくれた。かたじけない、と礼をいって富士太郎は椎名屋をあとにした。

満吉のいう通り、浅居屋は一町も離れておらず、店は開いていなかった。

富士太郎は浅居屋の前に立つと、蕎麦という看板を仰ぎ見た。強い風に吹かれて看板ががたがたと揺れているが、そのさまが物悲しく感じられた。

——一人娘を失った夫婦は、今も二人して泣いているんだろうね。

かわいそうに、と富士太郎は心の底から思った。そんな思いとは裏腹に、不意に腹の虫が、ぎゅるる、と鳴った。

——ああ、もう昼だものね。そりゃ、おなかも減るさ。

浅居屋が開いていれば、腹ごしらえをしていこうと思っていたのだが、やっていないのではしようがない。

——この刻限に閉まっているなんて、もったいないけど、一人娘を急に失ってしまったら、やる気が出なくなるのも仕方がないよ。もし完太郎《かんたろう》が死んだら、おいらはどうなっちまうんだろう。ただの抜け殻になっちまうんじゃないかな。当分、仕事なんて手につかないに決まっているよ……。

実際のところ、昔から大勢の夫婦が子供を病で失っている。子供は七つまでに死ぬことが多いのだ。

子を失った夫婦は、どうやって悲しみを乗り越えるのだろう。富士太郎には皆《かい》目《もく》見当がつかない。

「旦那、どうかしましたかい」

珠吉にきかれ、富士太郎は我に返った。

「ああ、ごめんよ。ちょっと考え事をしていたんだ」

「それで、どうしますかい。訪いを入れますかい」

珠吉が浅居屋に目を向ける。

「うん、どうしようかね……」

一人娘を失ったばかりの夫婦に、他の娘のことで話を聞くのは残酷な気がして、富士太郎は迷った。そのとき富士太郎の視界の隅に、近所の女房らしい女の姿が入ってきた。

「ちょっと済まないけど」

その女に富士太郎は声をかけた。いきなり町方役人に呼び止められて、女が少し戸惑ったような顔をする。

「はい、なんでしょう」

足を止めて女が富士太郎を見つめる。

「この浅居屋なんだけど、娘さんが亡くなってから、店を閉めていると聞いたんだが、本当かい」

富士太郎はそう切り出した。

「はい。私もそのちゃんのお葬式に出ましたけど、それからずっと閉めたままですね。かわいそうに……」

感情が高ぶってきたようで、女が涙ぐみそうになっている。

「おそのちゃんは一人娘で、そりゃあもう、二親《ふたおや》から大切にされていましたから。とてもかわいらしくて、浅居屋さんの看板娘だったんですよ」

溺愛《できあい》していたのなら、と富士太郎は思った。気を落とすなというほうが無理だろう。富士太郎は、まだ会ったことのない駒之助とおいと夫婦に同情を禁じ得なかった。

「おそのは病で亡くなったと聞いたけど、まちがいないんだね」

「はい、まちがいないみたいです。お医者さんも、そういっていました」

「お医者がね……」

「ええ、若い娘さんには珍しいそうですが、卒中《そっちゅう》だったようですよ」

そこまでいって女が口を閉じ、用事を思い出したかのようにきいてきた。

「あの、もうよろしいですか」

「ああ、構わないよ。話を聞かせてくれて、助かった」

「さようですか。では、これで失礼します」

一礼して女が歩きはじめた。その姿を見送って富士太郎は小さく息をついた。

「どうしますかい、旦那。浅居屋に話を聞きますかい」

珠吉の問いに富士太郎は、ううん、と首を横に振った。

「やめておこう。一人娘を失ったばかりの夫婦に話を聞くのは、やはり酷だよ」

「ええ、忍びないですね」

少し辛そうな顔で珠吉が同意する。

「それでこれからどうしますかい」

とりあえず、と富士太郎はいった。

「どこかで腹ごしらえをしよう。さすがに腹が減ったよ」

「さいですね。あっしもぺこぺこですよ。食べ物屋を探しましょう」

気を取り直したように珠吉が歩きはじめた。富士太郎はそのあとにすぐさまついた。

五

夕刻、戸口の三和土に立った直之進は、おきくから、着替えの入った風呂敷包みを渡された。それを両手で受け取る。

「かたじけない。おきく、留守中、直太郎を頼む」

「はい、お任せください」

母親としての強さを感じさせる顔で、おきくが答えた。

「もしなにか起きたら、直太郎を抱いて隣家に駆け込んでくれ」

今日の夜明け前に襲ってきた者を念頭に置いて、直之進はおきくにいった。

「山岸《やまぎし》どのには、よくよく頼んであるゆえ」

隣家の主は山岸鉄之丞《てつのじょう》といい、柔術《じゅうじゅつ》の師範代である。二千軒を焼いた大火の直前に秀士館《ごう》に招かれた男で、お安佐《あさ》という女房、四人の男の子と一緒に暮らしている。剛《ごう》の者《もの》だけに、おきくと直太郎を必ず守ってくれるにちがいない。

「はい、わかりました。あなたさまも気をつけてください。賊は、あなたさまを狙ったのでしょうから」

「その通りだな。気をつけよう」

直之進は、おきくに負ぶわれている直太郎に目を向けた。先ほどまで目をぱっちりさせて起きていたが、おきくの体の暖かさが気持ちよかったのか、今はもうぐっすり眠っていた。起こすのも忍びなく、直之進は軽く頬をなでるだけにとどめた。

「では、行ってくる」

おきくに告げて直之進は家を出た。足早に岩田屋に向かう。

誰もつけていないことを確かめつつ、歩を進めた。

あと四町ほどで上野北大門町まで来たとき、こぢんまりとした神社の中から若い女の悲鳴のような声が聞こえた。気になり、直之進は鳥居をくぐった。

お参りに来ていた風情の若い娘に、三人の若い男がちょっかいを出していた。暦《こよみ》の上では春とはいえ、まだひどく肌寒い。それなのに、三人とも黒々と日焼けしており、脇差を腰に帯びて、どこぞの中間のような形《なり》をしていた。表情がすさんでいたが、直之進には、この三人がやくざ者とは思えなかった。

「やめてっ」

若い娘は本気でいやがっている。

――まったくなにをしておるのだ。

おさちのことが頭にあり、直之進は腹立ちを覚えた。放っておけず、娘の前に割って入った。

「やめておけ」

娘を後ろ手にかばい、直之進は三人の男の前に立ちはだかった。

「なんだ、おめえは」

「邪魔する気か」

「痛い目に遭いてぇのか」

三人の男が直之進をねめつけてすごむ。

「やってみるか、痛い目に遭うのはおまえたちのほうだぞ。大袈裟《おおげさ》でなく、俺は腕が立つ」

「けっ」

直之進を馬鹿にしたように真ん中の男が唾を吐いた。

「自分で強いという奴で、本当に強かった男なんかいねえよな」

「その通りかもしれぬが、すべての男がそうだとは限るまい。狼藉《ろうぜき》をやめねば、おまえたちはそのことを身をもって知ることになるが、よいか」

「うるせえ、邪魔をするな」

激高《げきこう》し、右端の男が脇差を抜いた。他の二人も右端の男に倣《なら》った。三人とも腕に覚えがあるらしく、脇差を構えた姿勢はなかなかさまになっている。

「てめえ、本当に俺たちの邪魔をする気か」

真ん中の男が直之進に質《ただ》す。脇差が抜かれたのを見ても動じない直之進を見て、怯《ひる》みを覚えたのかもしれない。

「当然だ」

――しかしこいつら、何者だ。

やくざ者でないのはまちがいない。ただのやくざ者がこれほど遣《つか》えるはずがない。裏稼業で生きている者どもではないか。遊び人のような形をしているが、殺しを生業《なりわい》にしていてもおかしくはない者たちだ。三人の男はそれだけの腕を持っていた。

脇差を抜いた三人を相手に、さすがに素手《すで》で戦うわけにはいかず、直之進はすらりと抜刀《ばっとう》した。

「どうだ、やるか。俺はまことに強いぞ」

直之進は一歩、ずいと前に出た。三人の男が押されたように後ろに下がる。明らかに直之進に気圧《けお》されていた。なまじっか遣えるだけに、直之進がどれほどやれるか、解したのであろう。

刃を交えることなく三人が引き下がり、わらわらと三方向に逃げはじめた。

「覚えてやがれ」

「次は殺してやるからな」

やくざ者のような捨て台詞《すぜりふ》を吐いて、三人の男が姿を消した。

「ありがとうございました」

女に礼をいわれた。目をみはるほど美しくて若い娘である。

不意に直之進は、どこからかこちらを見ている目を感じた。

なにげなさを装って周囲に目を配ったが、それらしい者の姿は見えなかった。

この神社の外から見ていたように思えた。

気のせいなどではない。紛れもなく誰かが見ていた。

眼差しから害心《がいしん》らしきものは感じ取れなかったが、好意があるとも思えなかった。

娘が不思議そうに見ているのに気づき、直之進は、こほん、と空咳《からぜき》をした。

「家は近いのか」

「はい、すぐそこです。ここにはお参りに来ました」

「ならば、送らずともよいな。気をつけて帰りなさい」

会釈《えしゃく》して直之進は歩き出した。

「あの、御名を」

すぐさま娘がきいてきた。

「なに、名乗るほどの者ではない」

娘と別れて直之進は境内《けいだい》を出、さらに歩いた。岩田屋が見えてきた。

日暮れ間近ではあったが、まだ店はやっているらしく、店先に暖簾がかかっていた。

誰か怪しい者がいないかと、直之進は店に入る前に、岩田屋の近くを見廻ってみた。

驚いたことに、三人の浪人とおぼしき者が、店の斜向《はすむ》かいの路地から岩田屋の様子をうかがっていた。

――あの者たちは……。

直之進はすぐさまそちらに足を向けた。気づかれないよう忍び足で近づいたつもりだったが、一人が気配を覚ったらしく、直之進のほうへ顔を向けてきた。あっ、と声を上げ、体《たい》を返して一気に走り出す。あとの二人も、直之進に気づいてそれに続いた。

「待てっ」

直之進はすぐさま追いかけたが、三人は逃げる途中でばらばらに分かれてしまった。誰を追うか一瞬、迷った。足の遅そうな浪人を選んで追いかけたが、狭い路地を駆け抜けたところで、直之進は見失ってしまった。広い道に出たのだが、左右どちらに行ったのか、すでにわからなくなっていた。

くそう、と自らに毒づいたが、すぐに冷静になった。

――今の三人はこの前、岩田屋に金をたかりに来た者たちではないか。

おさちに握り飯をもらった四人のうちの三人である。

――あのとき、おさちに目をつけたのか。あやつらが、おさちのかどわかしに関わっているのか。

もしそうだとしたら、まさに恩を仇《あだ》で返す所行だとしかいいようがない。

――しかし、三人というのはどういうわけだ……。あとの一人はどうしているのか。かどわかしなどやれぬと、三人と袂《たもと》を分かったのか。

道を戻った直之進は、岩田屋の暖簾を払った。店の中に入ると、ほっとしたような笑みを見せて、恵三が出てきた。

「湯瀬さま、よくいらしてくださいました」

やつれた表情の恵三が辞儀する。相変わらずの悪人顔だが、さすがに今は憔《しょう》悴《すい》を隠せずにいる。

「身代の求めなど、なにかしらつなぎはあったか」

すぐさま直之進はきいた。

「いえ、まだなにもありません」

そうか、と直之進は顎を引いた。

——先ほどの三人は、身代を求める文を届けようとして、この店の様子をうかがっていたのだろうか……。

「湯瀬さま、こちらにどうぞ」

直之進は、恵三の案内で居室にいざなわれた。前に用心棒として詰めた部屋だ。

——そういえば、この家で角之介《かくのすけ》どのと戦ったのだったな……。

猿の儀介の片割れだった角之介は、大名家の子弟とは思えないほど強かった。結局、高山《たかやま》家の上屋敷で自死したが、あの死顔を直之進は生涯、忘れることはないだろう。

——高山家の当主となった義之介《よしのすけ》どのはどうしているのだろう。きっと出羽笹《でわささ》高《だか》の領民のために汗を流していることだろう。そうであるなら、角之介どのの死も無駄ではなかったことになる……。

「湯瀬さま、夕飯は召し上がりましたか」

目の前に座った恵三にきかれた。

「いや、まだだ」

「それはようございました。そうではないかと思い、支度をさせております」

恵三がぱんぱんと手を打った。ほとんど間を置くことなく一人の女中が入ってきた。手には膳を持っている。それが直之進の前に置かれた。見ると、献立は白飯に、いかにも塩っ辛そうなたくあんである。味噌汁がついているが、具はほとんど見当たらず、薄そうだ。この分では、ろくに出汁《だし》もとっていないのではないか。

おさちがいなくなってしまったことで、用心棒に供される飯も昔に逆戻りしてしまったようだ。

「どうぞ、お召し上がりください」

どこか疲れたような顔で恵三が勧めてきた。

「かたじけない」

箸を取り、直之進は食事をはじめた。うまい飯をたらふく食べると人は元気が出ると、前に恵三がいっていた通り、白飯だけはつやつやとして甘みがあり、美味だった。

さすがに米問屋だけのことはある、と直之進は感心した。

夕餉《ゆうげ》を終えた直之進は、どこかに手抜かりなどがないか、店の中を見て回った。

気の緩みのようなものはどこにも見当たらず、いやな気配も感じなかったが、裏口から、いかにもやくざ者とおぼしき目つきの悪い連中が頻繁《ひんぱん》に出入りしていた。

――あまりよい景色ではないな。

やくざ者なんかを使っているから、と直之進は思った。おさちに危難が降りかかったのではないか。店の空気がやくざ者に汚され、それで悪い気が入ってきてしまうのではあるまいか。

やくざ者たちの会話からわかったが、おさちの行方につながるめぼしい手がかりはまだ一つとして得られていないようだ。

「五郎蔵《ごろぞう》、いったいなにをやってるんだい。この役立たずが」

手がかりをつかめずにいるやくざ者に向かって、恵三が苛立《いらだ》ちを盛んにぶつけていた。五郎蔵というのは、やくざ一家の小頭《こがしら》に当たる男のようだ。

「すんません」

目を光らせつつ五郎蔵がこうべを垂れる。

「謝ってる暇があったら、さっさとおさちを見つけてこい。高い給金を払っているんだからな」

「へい、わかりやした。がんばります」

「がんばるんじゃ足りないね。骨身を削《けず》っておさちを捜すんだよ」

「へい、承知しました」

吼《ほ》えまくる恵三に一瞥《いちべつ》をくれてから、直之進は部屋に戻った。

しかし、じっとしていても退屈でしかなく、店の外に出てみた。すっかり暗くなった岩田屋の周囲を歩く。

先ほどの浪人三人組の姿は見当たらなかった。

——さすがにおらぬか……。

剣呑な気配も感じられない。寒いが、あたりは穏やかな気に満ちていた。

——おさちを一刻も早く救い出したいが……。

今の直之進にできることはない。なにか動きがあるのをひたすら待つしかないのだ。

——しくじったか。

岩田屋の願いを引き受けず、自由に捜し回れたほうがよかった。

——今さらいっても詮《せん》ないことだ。

直之進は岩田屋に戻り、部屋に落ち着いた。結局、その夜はなにも起きず、静かに更《ふ》けていった。

第二章

一

むう、とうなり声が出た。

体を折り曲げ、墨兵衛《ぼくべえ》は、左足のふくらはぎの腫《は》れ物《もの》をじっと見た。

——大きくなってきておる。

できた当初は米粒くらいだったが、今は小豆《あずき》ほどの大きさに育っている。

これは墨兵衛の身に危難が迫ると、必ずできる奇妙な腫れ物だ。しかも危険が増していくにつれて、どんどん腫れて大きくなっていく。

だが、その危機を脱するや、あっさりと消えてなくなってしまう。どうしてそうなるのか、実に奇怪な話だが、これまで墨兵衛はこの腫れ物のおかげですべての危難を乗り越えてきたのだ。

少しずつ腫れ物が大きくなっているのは、と墨兵衛は思った。湯瀬直之進という男のせいであろう。

『おまえのような男は、湯瀬直之進さまが必ずあの世に送り込んでくれるから、覚悟しておくんだよ』

墨兵衛をにらみつけながら挑発してきた、おさちのこの言葉を聞いた瞬間、墨兵衛は左足のふくらはぎに、ちくりと痛みを感じた。まさかと思って裾をまくって見ると、そこに小さく赤い腫れ物ができていた。

この腫れ物を見るのは何年ぶりだろう。ここ数年、仕事は常に上首尾《じょうしゅび》、墨兵衛の命が危うくなるようなこともなく、腫れ物ができることなどなかったのである。

こうして腫れ物ができた以上、おさちの言葉を捨て置くわけにはいかなくなった。

破滅を避けるためには、湯瀬という男を始末しなければならない。おさちの言葉の端々《はしばし》から、湯瀬が秀士館という学校の剣術師範代で、そこの敷地内に住み込んでいることを墨兵衛は知った。昨晩、組の中では屈指の遣い手である餓狼《がろう》の湖《こ》五郎《ごろう》を秀士館へと差し向け、湯瀬を襲わせたのだ。

不意を突いたにもかかわらず、湯瀬は恐ろしいまでの強さを見せ、湖五郎はまったく歯が立たなかったようだ。ほうほうの体《てい》で戻ってきた湖五郎の顔は蒼白で、墨兵衛はしくじりを叱責する気になれなかった。

湖五郎ほど腕の立つ者が子供扱いされたのだ。湯瀬という男が、相当の手練《てだれ》であるのはもはや疑えない。おさちが頼りにするのも、当然のことであろう。

それでも、必ず始末できると墨兵衛は楽観している。組には、あと何人か遣い手がいるのだ。

湖五郎が、最上の遣い手というわけではない。湯瀬をあの世に送るため、さらなる刺客を放てば、なんとかなるはずだ。

それでも湯瀬を始末できなかったら、己が自ら出ていけばよいだけの話だ。なんといっても頭《かしら》なのだ。組の中では、墨兵衛が最も腕が立つ。

わしが後れを取るわけがない、と昂然《こうぜん》と胸を張り墨兵衛は思った。おのれの腕に、決して揺らぐことのない自信を持っている。

――湯瀬などという、どこの馬の骨とも知れぬ男にわしが負けるはずがない。

そのとき、また腫れ物がちくりと痛んだ。まるで、そうではないぞと否定されたかのようだ。

——このわしが湯瀬に負けるというのか。そんなことがあってたまるか。わしは勝つ。勝ってみせる。

また痛むかと少し身構えたが、腫れ物はうずきもしなかった。

——そうだ、わしは必ず勝つ。

この腫れ物は、いったいどこまで大きくなるのか。これまでに何度も頭をひねってきたことを、墨兵衛は考えてみた。

碁石《ごいし》ほどだろうか。それとも、小石くらいか。このまま放っておけば、力こぶほどの大きさにまでなったりするのだろうか。

墨兵衛には見当もつかないが、いずれにしても一刻も早く湯瀬を始末しておくほうが賢明だ。

——腫れ物が大きくなり、破れ裂けるときが、最期のときかもしれんな……。

実は、湯瀬の手強さを、墨兵衛はじかに見て知っている。湖五郎の手落ちが気にかかり、今日の夕刻、手下たちの仕事が首尾よく進むかどうか、離れた場所から見守っていた。

上野か下谷かよくわからないが、そのあたりにあるちんまりとした神社の境内で、手下の三人が、お参りに来ていた若い娘をさらおうとした。

しかし、そこに邪魔が入った。二本差で袴《はかま》をはいていたが、供も連れておらず、どこか浪人然とした男だった。

その男は手下の三人が脇差を抜くのに合わせ、抜刀した。手下の三人は対峙《たいじ》したものの、刀を構えた男に気圧されたように後ろに下がりはじめ、やがて散り散りに境内から逃げ出した。賢明な判断だ、と墨兵衛は思った。あの三人が男に襲いかかったところで、あっさり返り討ちにされていたことだろう。遠目で見ていても、男の尋常でない強さが伝わってきていた。

男は逃げた三人を深追いせず、境内で娘に厚く礼をいわれていた。男は、手下の三人がその娘をかどわかすつもりでいたとは、気づかなかったらしい。

手下があの男にやられず、無事だったのは、なによりだ。なにしろ、これからも働いてもらわねばならぬ大事な手駒だ。

信用できる練達《れんたつ》の者を育てるには、ときと金を要する。たやすく失うわけにはいかない。命の危機を感じたら、ためらわず逃げるよう墨兵衛はかねてから口にしてきた。逃げることは恥でない、命こそ大切にしろ、と繰り返してきたのだ。

娘と別れて歩きだそうとした男が、墨兵衛の眼差しに気づいて、こちらに顔を向けてきた。すぐさま墨兵衛は男から目を離した。

やがて男が歩み出す気配を察した墨兵衛は、感づかれないように男のあとを慎重につけていった。

男は、上野の繁華街にある米問屋岩田屋の周囲をしばらく見廻った後、店の暖簾を払った。店のあるじが、湯瀬さま、と呼んだのを耳にしたとき、墨兵衛は心の底から驚いた。

あの男こそが湯瀬直之進だったのだ。剣が遣えるのも当たり前だった。

まさかあのようなところで、と墨兵衛は思った。湯瀬を目の当たりにするとは夢にも思わなかった。

いまにして思えば、虫の知らせのようなものだったのかもしれない。天が引き合わせてくれたようなものだろう。必ず湯瀬直之進を殺《や》れ、と命じているのだ。

湯瀬を亡き者にするには、どうしたらよいか。目の前の漆喰《しっくい》の壁をじっと見つめ、墨兵衛は思案した。

湖五郎一人で歯が立たぬのなら、手練を二人、岩田屋に送り込むしかあるまい。

すぐさま立ち上がった墨兵衛が部屋を出ると、ほんのりと潮の香りが鼻先をかすめていった。気持ちが落ち着いていく。

足元が冷え冷えする廊下を歩いて、手下たちが控えている詰所に赴いた。三十畳ばかりの広さがある部屋に、二十人ほどの男がたむろしていた。

博打に興じている者も何人かいたが、墨兵衛の姿を見るや、皆が一瞬で居住まいを正し、お頭《かしら》、と声を揃《そろ》えて頭を下げてくる。

「顔を上げろ」

全員が一斉に墨兵衛の命に呼応する。墨兵衛は男たちを見渡した。しかし、目当ての二人はそこにはいなかった。

「政助《まさすけ》と稀一郎《きいちろう》はどこだ」

「牢に行ったのではないかと存じます」

手下たちを束ねる小頭《こがしら》の郷之介《ごうのすけ》が答えた。

「牢だと。なにしに行った」

郷之介が口を開こうとする前に、どういうことか、墨兵衛は覚った。

「あの馬鹿どもめがっ」

怒声《どせい》を放つや、手下たちの詰所を出た。この建物の端につくられた牢へと急ぐ。どこからか波の音が聞こえてきた。

そっと格子扉《こうしとびら》を開けて、薄暗い牢内に入った。案の定というべきか、二人の男が赤い半纏を着込んだ娘を慰もうとしていた。娘から名を聞き出したらしく、おきよ、と呼んでいた。

「おめえは、あまり器量がよくねえから、これまで男に相手にされなかっただろう。突然駕籠なんかでかどわかされてびっくりしただろうが、ここで俺たちが男のよさをたっぷりと教えてやるからよ」

一人がおびえているおきよの上にのしかかり、もう一人が匕首《あいくち》を抜いて、他の娘たちが近づかないよう周囲に目を配っていた。音もなく後ろに近づいた墨兵衛は、最初に政助の尻を、次いで稀一郎の尻を、思い切り蹴り上げた。

「痛えっ」

二人ともだらしなく悲鳴を上げ、怒りに満ちた顔をさっと向けてきた。なにをしやがんでえ、とすごもうとしたらしいが、そこに立っているのが憤怒《ふんぬ》の形相《ぎょうそう》をたたえた墨兵衛であることに気づき、にわかに色を失った。

二人があわてて背筋を伸ばし、その場に端座する。その背後で、おきよという娘が身繕《みづくろ》いをはじめた。

しゃがみ込んで二人と目を合わせ、墨兵衛は間髪を容れずに質した。

「てめえら、大事な売物に傷をつける気か」

「いえ、そんな気は毛頭ありやせん。この娘をからかっていただけで……」

政助が必死に弁解する。疑いの眼差しをぶつけて二人をじっと見ていたが、墨兵衛はふっと息をついた。

「今日のところは許してやるが、もしもまた同じ真似をしやがったら、今度こそただじゃおかねえ。殺すぞ。これは脅しじゃねえぞ。よく覚えておくんだな」

「わ、わかりました。二度としません。申し訳ありませんでした」

震えを帯びた声で稀一郎が謝った。政助も、すみませんでした、と床に額をすりつけた。

「ところで、政助に稀一郎」

鋭い口調で墨兵衛は呼んだ。二人がすぐさま顔を上げる。

「おまえたちの腕を見込んでやってもらいてえ仕事がある。まずは浪人の形《なり》になってもらおうか」

「はっ、わかりました」

居住まいを正し、二人が畏《かしこ》まるように答えた。

「浪人の形になったら、わしの部屋に来い。なにをするかは、そのときに伝える」

「承知いたしました」

二人が揃って低頭した。

二

鳥の鳴き声が聞こえた。

直之進は、はっと目を覚ました。

――もう夜明けか……。

部屋の中は暗いが、夜目が利くこともあって、動くのになんら不自由はない。

寝床の上で身を起こし、直之進は伸びをした。

――よく寝たな。

神経を尖《とが》らせながらだから熟睡はしていないが、たっぷりと眠った感がある。

それでも、まだ少しだけ眠気があった。あと半刻も寝れば、この眠気も消えるだろうが、そうするわけにもいかない。

――それにしても、鳥たちは早起きだな。

餌《えさ》をとったりするのに忙しいのだろう。自然の中で生きていくのは大変だ。

それに比べて、人というのは恵まれている。飯は金で購《あがな》うことができる。金さえ出せば、飢饉《ききん》のときですら食い物にありつける。金を稼ぐのは難儀ではあるが、鳥が餌を得るよりは、はるかに楽ではないか。

——よし、さっそく見廻りをするか。

一日のはじまりである。今日こそ、なんとしても無事におさちを取り返すのだ。

よっこらしょ、と立ち上がり、直之進は掻巻を脱ぎ捨てた。寒いな、とつぶやいて綿入《わたい》れの小袖に腕を通し、袴をはく。小袖の上から厚手の羽織を着た。枕元の風呂敷包みを解《ほど》き、手ぬぐいを取り出す。それを肩にかけ、刀架に置いた両刀を腰に差した。

部屋をあとにし、暗く冷たい廊下を進んで台所に向かった。

台所には行灯《あんどん》がいくつか置かれており、ほんのりとした明るさが目に心地よかった。数人の丁稚《でっち》と一人の手代が忙しそうに動き回って、竈で飯を炊き、味噌汁の用意をしていた。そのおかげで、台所はぬくかった。

奉公人たちが直之進に気づき、おはようございます、と挨拶してくる。あるじの恵三は金儲けしか考えない悪辣な男だが、岩田屋の奉公人はよくできた者が多い。白飯だけはたっぷり食べさせてもらえるし、意外に働きやすいところなのかもしれない。

直之進は、おはよう、と奉公人たちに返し、台所の沓脱石《くつぬぎいし》の上にある草履を履いた。台所を横切り、静かに戸を開けて敷居を越える。

外はぐっと冷え込んでいた。その冷気に、思わず身震いする。

東の空はまだ白んでおらず、数え切れないほどの星が頭上で輝いていた。夜明けまで、あと四半刻はありそうだ。

台所から三間ほど離れた裏庭に、井戸が設けられている。闇があたりを覆う中、直之進は凍りつくほど冷たい水で顔を洗った。手ぬぐいで濡れた顔を拭くと、完全に眠気が飛び、しゃきっとした。

手ぬぐいを小袖の袂に落とし込み、少し歩いて裏木戸から外に出た。その場でじっくりと気配を探ってみたが、感じるものはなにもなかった。

そのまま岩田屋の周囲を、ゆっくりと巡ってみた。怪しい者の影は見当たらなかった。いやな気も漂っていない。

念のため、岩田屋のまわりをもう何周かしてみた。

平穏そのものだ。歩いたことで体が温まり、少しだけ汗もかいた。

やがて東の空が白んできた。明け六つの鐘の音が響きはじめると、鶏が鳴き、どこかで犬も吠え出した。

いつしか近所から、人々が動き出す物音が聞こえてくる。戸が開く音や食器が触れ合う音、隣人同士ののどかな挨拶の声も耳に届く。

家々の屋根をよじ登るようにして、太陽が顔をのぞかせた。あたりが光の箒《ほうき》をかけたように一気に明るくなった。わずかに寒気も緩んだように思えた。

付近を飛び回る鳥たちの鳴き声が、かしましさを増した。いつしか、味噌汁のにおいも漂いはじめている。

納豆売りや豆腐売りなど物売りの声が次々に上がり、これから勤め先に向かうのか、大勢の人が往来に姿を現した。

岩田屋の一人娘がさらわれたのは本当にうつつのことなのかと、ついいぶかしんでしまうほど、穏やかな光景が広がっている。

ふむう、とうなるしかない。おさちがかどわかされようと、人々の日々の暮らしに影響などまったくないのだ。

――だが、俺や岩田屋にとっては一大事だ。なんとしても、おさちを無事に取り返さなければならぬ。

袖《そで》振《ふ》り合《あ》うも多生《たしょう》の縁《えん》というが、おさちとはそれだけの縁ではない。用心棒として岩田屋に詰めた折、食事の世話からなにから、ずいぶん優しくしてもらった。

ときに、妾にしてほしいと言い出すなど、風変わりな娘ではあったが、とにかくよい娘だ。あれほど気立てがいい娘が、こんな不幸に見舞われてよいはずがない。

岩田屋の周囲を、もう一回りしてから直之進は店の前で立ち止まった。店を見張っているような者がいないか、再びあたりを見回す。

——ふむ、誰もおらぬな……。

店の横の路地を入り、岩田屋の裏手に回った。裏木戸から中に足を踏み入れ、台所の戸口を目指す。

台所の中は味噌汁のにおいに満ちており、直之進は自分が空腹であることに気づかされた。沓脱石で草履を脱ぎ、冷たい床板にそっと上がる。

「湯瀬さま、おはようございます」

そこに恵三があらわれ、辞儀《じぎ》してきた。

「おはよう、岩田屋」

相変わらず恵三は憔悴した顔をしている。

「岩田屋、あまり眠れなかったようだな」

「はい、さようで」

疲れた顔で恵三が肩を落とし、かすれ声できいてきた。

「湯瀬さまは眠れましたか」

「おぬしには悪いが、まずまず眠れた。なにが起きるかわからぬゆえ、さすがに熟睡はしておらぬが」

「ああ、さようでございますか……。こたびは用心棒としてお雇いしたわけではありませんが、なにとぞよろしくお願いいたします。手前は湯瀬さまを、心より頼りにしておりますので」

うむ、と直之進は顎を引いた。

「給金分の仕事は必ずしよう。おさちは必ず無事に助け出す」

「心強いお言葉でございます」

「岩田屋、頼みがあるのだが、聞いてもらえぬか」

「はい、どのようなことでございましょう」

恵三が小腰をかがめた。

「南町奉行所へ使いを走らせてもらいたい。俺が今こちらの世話になっていることを、定町廻りの樺山富士太郎さんに知らせてほしい」

「樺山さまでございますね。わかりました。心利《こころき》いたる者を、すぐに向かわせましょう」

「よろしく頼む」

「湯瀬さま。もう朝餉の支度ができておりますので、お部屋にいらしてくださ い」

「かたじけない」

恵三に軽く頭を下げて、直之進は部屋に向かった。朝餉は済ませたのか、それとも食欲がないのか、恵三はこれから仕事に取りかかるようだ。

今回、直之進は用心棒として詰めているわけではないから、恵三の警固の必要はない。おさちをかどわかした賊からつなぎが来たときに、出番がやってくる。

部屋に入ると、恵三のいう通り、すでに膳が置かれていた。直之進が膳の前に座すと、櫃《ひつ》を抱えて給仕の女中がやってきた。

おや、と直之進は女中の顔を見た。初めて目にする顔だ。

歳は二十歳前後か。その女中が櫃を置き、直之進のそばに端座した。

「お初にお目にかかります。秀《ひで》と申します。湯瀬さま、どうか、よろしくお願いいたします」

「俺は湯瀬直之進と申す」

直之進は改めて名乗ってから、膳に目を落とした。おかずになりそうな物はたくあんのみで、あとはごく薄く切られた豆腐の味噌汁である。

――おさちがいれば、こんな風にはならぬのだろうが……。まあ、俺は飯さえあれば十分だ。ほかにはなにもいらぬ。

白い飯で腹を満たせるだけ、ありがたい。たいていの百姓衆は盆と正月以外、米の飯になどありつけないと聞く。

「さあ、どうぞ」

お秀が櫃から、ほかほかと湯気を上げている飯をよそってくれた。いただきます、といった直之進は、茶碗を手にして飯を食べはじめた。

この飯はあの手代と丁稚たちが炊いたものか、と思うと、それだけでうまさが増した。嚙むと、甘みが口の中に広がり、塩辛いたくあんとよく合った。

だが味噌汁はほとんど出汁が利いておらず、味噌の風味も感じられない。そのせいか、薄く切られているにもかかわらず豆腐だけは味が濃く、口中に旨《うま》みが残って、なかなか美味だった。意外によい豆腐を使っているのだな、と直之進は思った。

「お嬢さまは、今頃どうしていらっしゃるんでしょうか」

しゃもじを手にしたまま、心配そうな顔でお秀がつぶやく。

「おぬしはおさちのことが好きか」

お秀を見つめて直之進はきいた。

「大好きでございます」

はっきりとした声音でお秀が答えた。

「お嬢さまは、私たちのような奉公人にも、とてもお優しいですから。いつもにこにこされていて、疲れたら無理をせずに休むのよ、と気にかけてくださいます」

言葉を切り、お秀がうつむいて涙ぐむ。

「いっそのこと、私がお嬢さまの代わりにかどわかされていれば、どんなによかったか……」

「お秀、俺が必ずおさちを取り戻してみせる」

強い口調で直之進はいいきった。

「どうか……、どうか、よろしくお願いいたします」

お秀が深々とこうべを垂れた。一杯だけ飯を食べて直之進は箸を置いた。満腹にしてしまうと、あまり動けなくなる。腹八分目どころか、腹五分目くらいにしておくほうがよい。

「うまかった。お秀、かたじけない」

居住まいを正して直之進は礼を述べた。

「湯瀬さま、お茶をどうぞ」

お秀が手際よく淹れてくれた茶を、直之進は喫《きつ》した。食後の茶は、と心から思った。なにゆえこんなにおいしいのだろう。

「お茶のおかわりはいかがですか」

笑顔でお秀がきいてきた。

「いや、もうけっこうだ。ありがとう」

「では、片づけてもよろしいですか」

「頼む」

膳を片手で持って立ち上がったお秀が、櫃を脇に抱え込んだ。腰高障子《こしだかしょうじ》の前で膳と櫃を下に置き、手をついて、失礼します、と断って戸を開ける。廊下に出ると、腰高障子を静かに閉めて出ていった。見事な所作《しょさ》だ、と直之進は感心した。

――よし、朝餉も食べたし、また外を見廻るとするか。

直之進は立ち上がり、刀を腰に帯びた。

裏木戸から外に出て、岩田屋の周囲をゆっくりと歩いてみた。だが、相変わらず妙な気配は感じないし、剣呑な眼差しが刺さってくるようなこともない。あたりは平穏そのものとしかいいようがなかった。

店のまわりを二周して、直之進は岩田屋に戻った。恵三の仕事場の様子を見て、なにもないことを確かめてから自分の部屋に入り、座り込んだ。

壁に背中を預け、天井を見上げる。

――今の俺には、おさちを救い出す術《すべ》がない。こうしてただ待っているのは、やはり苦痛でしかないな……。

外に出ておさちを捜したかった。

――だが、どこを当たるというのだ。俺は、おさちのことをろくに知らぬ。闇雲《やみくも》に動き回ったところで、なんの益もない。ならば、と直之進は、おさちをかどわかした者は何者なのか、思いを巡らせることにした。

——第一に考えられるのは、やはり岩田屋に怨みを持つ者であろうな。

おさちは、悪行を繰り返している恵三のとばっちりを受けたのではないか。恵三自身、そのことは解しているようで、繰り返し考えてみたらしいが、怨まれる心当たりが多すぎて、却《かえ》ってしぼり切れないといっていた。

岩田屋の商売とは関わりなく、おさちが美しい娘だから、かどわかされたということはないだろうか。それも十分に考えられる。

懸想した男がおさちを我がものにせんと考えたのかもしれない。

——もしくは、おさちを女郎屋へ売ろうとする輩《やから》がさらったか……。

そのような連中が江戸で悪事をはたらいているとして、かどわかすのはおさちだけということはあり得るだろうか。ほかにかどわかされた娘がいるとは、考えられないか。

そこまで直之進が考えを進めたとき廊下を小走りに近づいてくる足音が響き、腰高障子に人影が映った。

湯瀬さま、と腰高障子越しに呼びかけてきたのは、岩田屋の番頭の謙助《けんすけ》であろう。

「どうした」

「南の御番所から、お役人がいらっしゃいました」

富士太郎さんが来たのだな、と思い、直之進はこの部屋に連れてきてもらおうとしたが、すぐさま心中でかぶりを振った。

——いや、ならぬ。もし富士太郎さんを騙《かた》る者だったとしたら……。

昨日の明け方の襲撃を思い出し、ここは万が一を考えるべきだ、と判断した。刀を手に直之進は立ち上がった。謙助と一緒に勝手口に向かう。

——もし本物の富士太郎さんが来たのであれば、なにか新たに手がかりをつかんだからであろうな。

台所の三和土に人待ち顔で立っていたのは、紛れもなく富士太郎である。珠吉と伊助も一緒で、直之進は体から力を抜いた。

「ああ、直之進さん」

にこやかな笑顔になり、富士太郎が挨拶してきた。珠吉と伊助がそれに倣う。

直之進も挨拶を返した。

「直之進さん、ありがとうございました」

富士太郎が礼を口にした。なんのことだ、と直之進は一瞬、解せなかった。

「番所まで使いを出してくださったおかげで、無駄足を踏まずに済みました」

「ああ、それはよかった」

富士太郎たちを見て、直之進は笑みをこぼした。

「尻が冷たくなってしまうかもしれぬが、富士太郎さん、ここに座って話をしよう」

富士太郎たちをいざない、直之進は台所の式台《しきだい》に腰かけた。はい、と富士太郎も同じようにする。

ただし、珠吉と伊助は三和土に立ったままである。座れといっても珠吉がまず従わないだろうから、直之進は黙っていた。珠吉が座らないなら、伊助も同じであろう。富士太郎も二人にはなにもいわなかった。

そこに、富士太郎が来たことを謙助から聞きつけたか、やくざ者の五郎蔵を伴って恵三がやってきて、直之進に申し出た。

「あの、手前どももご一緒させてもらってもよろしいですか」

「富士太郎さん、この二人も一緒に話を聞かせてもらっていいかな」

直之進がたずねると、間を置かずに富士太郎が快諾した。

「ええ、もちろん構いませんよ」

「ありがとうございます」

頭を下げて、恵三と五郎蔵が式台の端に腰を下ろした。

二人に会釈してから、富士太郎が話し出す。

「おさちどのがかどわかされた日に、同じようにいなくなった娘がもう一人いるのがわかりました」

いきなり直之進は驚かされた。

「なんと。行方知れずになったのは、おさちだけではないのか」

――やはりほかにかどわかされた娘がいたのか。となると、岩田屋への怨みではなく、娘のかどわかしを生業《なりわい》にしている輩の線も考えたほうがよいのだろうか。

恵三と五郎蔵も目をみはって、富士太郎を見つめている。

はい、と富士太郎が首肯した。

「いなくなったのは、おきよという娘です」

「ええっ、お、おきよちゃんて、まさか……」

つっかえつつも、恵三が悲鳴のような声を発した。

「おきよちゃんは、近所の炭問屋椎名屋の娘ですよ。うちのおさちと同い年で、幼馴染だと聞いています。あっ」

「どうした、岩田屋」

すかさず直之進はきいた。

「ま、まさか、おさちとおきよちゃんが示し合わせて、二人で家出したなんてことはないでしょうか」

「それはないでしょう」

あっさりと否定して、富士太郎が説明を加える。

「おきよは最も親しい友達を病で失ったばかりで悲しみに暮れていたようです。そんな折に親に心配をかけるようなことをしでかすとは思えません。それに、赤い半纏を着た娘が駕籠に押し込められたという動かしがたい事実があります」

「では、おきよちゃんも赤い半纏を着ていたのでございますか」

「はい、おさちどのと同じです」

「そうだったのですか……。それはまた偶然ですが、まあ、若い娘が赤い半纏を着ることなど、珍しくありませんからな」

合点がいったらしく恵三がうなずいた。あの、とすぐに富士太郎に問うた。

「もし駕籠に押し込められたのがおきよちゃんだとしたら、おさちはどういうことになるのでしょうか」

残念そうに富士太郎がかぶりを振った。

「それはまだ何ともいえないね。駕籠に押し込められたのが二人のうちどちらなのか、まだはっきりしていないので……」

「ああ、さようでございますな。とにかく手前は、おさちが無事に戻ってきてくれさえすれば……」

「それがうつつのものになるよう、我らもありったけの力を尽くすつもりさ」

「どうか、よろしくお願いいたします」

富士太郎に向かって、恵三が深々と頭を下げた。

「富士太郎さん」

顔を向けて直之進は呼びかけた。

「おさちとおきよ、二人の行方知れずは、もちろん関わりがあるだろうな」

「あるはずです」

富士太郎が同意を示した。

「それで、昨日わかったのですが、おさちどのが道場から帰る際、あとをつけていた浪人がいたようなのです」

なに、と直之進は思った。

「その浪人は何人だった」

直之進の脳裏に浮かんでいるのは、昨日、岩田屋の様子を斜向かいの路地から
うかがっていた三人組の浪人である。

「一人だったようです」

一人か、と直之進は沈思した。

「その浪人が誰なのか、富士太郎さん、目星はついているのか」

「いえ、まだなにもわかっておりません。申し訳ありません」

「謝ることなどない。人相もわかっておらぬのか」

「いえ、人相書はあります」

富士太郎が懐から一枚の紙を取り出した。直之進は受け取り、目を落とした。

「この男は……」

口から声が漏れ出た。

「直之進さん、ご存じなのですか」

勢い込んで富士太郎がきく。うむ、と直之進は首肯した。

「もちろん知り合いではないが、前に岩田屋に難癖《なんくせ》をつけて、金を強請《ゆす》ろうとし

た四人組の浪人がおってな。そのうちの一人に似ておる」

「なんと、そうなのですか」

息をのんだような顔で、富士太郎が直之進を見る。

「その四人組は、おさちどのが岩田屋の娘だということを知っているのですね」

「知っている」

直之進は人相書を富士太郎に返した。

「なにしろ、おさちがその四人に握り飯をわけてやったくらいだからな」

「えっ、そうなのですか」

富士太郎が目を丸くしている。

「実をいうと、俺はその四人のうちの三人を、昨日見たのだ」

「えっ、直之進さん、どこでご覧になったのですか」

強い眼差しを富士太郎が注いでくる。

「斜向かいの路地から、この店をうかがっていた。残念ながら、俺はその三人を取り逃がしてしまった……」

「湯瀬さま、初耳でございますよ」

恵三が咎《とが》めるような言葉を発した。

「済まぬ」

直之進は素直に謝った。

「おぬしにいい忘れておった。昨日あの三人を捕まえておけば、今頃おさちを取り戻せていたかもしれぬ。この通りだ」

直之進は恵三に向かって低頭した。

「ああ、いえ、それよりも人相書の浪人は昨日も店の様子をうかがっていたのですか」

あわてて恵三がいった。直之進は面を上げたが、眉根を寄せ、首を傾げた。

「いや、人相書の浪人は、昨日は一緒におらなんだ。これは、どういうことなのか」

「今は、おさちどのの見張りについているのかもしれません。とにかく、おさちどののことを知っている浪人が、かどわかしの当日、おさちどののあとをつけていたのなら、こたびの一件と関わりがあるのは、まちがいないでしょう」

確信ありげな富士太郎の言葉に直之進は、うむ、と点頭《てんとう》した。

あの、と真剣な顔で恵三がきいてきた。

「その四人組の浪人がおさちをかどわかしたとして、やはり金目当てでございましょうか」

「それしか考えられぬ。やはり、昨日捕まえられなかったのが痛いな」

「……いえ、これもまた運命でございましょう」

慨嘆《がいたん》するようにいって、恵三が天井を見上げた。

直之進もちらりと見た。台所の天井は煤《すす》でかなり汚れていた。今年の暮れにはもっと汚れているのであろうな、と感じたが、恵三が言葉を続けたのがわかり、すぐに目を戻した。

「天が、そう定めているのでございますから、地上にいる我らには、抗《あらが》いようなどないのでしょう」

諦観《ていかん》したようにいって、恵三が首を横に振った。なるようにしかならぬのは事実だが、と直之進は思った。停滞しているこのありさまを、なんとか打破したい。

「いま我らがわかっているのは、このくらいに過ぎません。もっと手がかりを集めます」

話にけりをつけるように富士太郎が告げた。

「新たになにかわかったら、またまいります」

直之進を見つめていい、富士太郎が立ち上がった。

「おさちのこと、どうかくれぐれも……」

恵三が深く頭を下げた。五郎蔵も頭を下げたが、どこかつまらなそうな顔をしていた。

「岩田屋さん、では失礼します」

恵三に別れの言葉を述べた富士太郎が立ち上がり、珠吉と伊助とともに戸口へ歩き出す。

台所の草履を借り、直之進もそのあとに続いた。富士太郎たちとともに裏口を抜けて、路上に出た。

「富士太郎さん、いろいろと知らせてくれて、かたじけなかった」

「いえ、なんでもありませんよ」

直之進を見て富士太郎がにこりとする。

「先ほども申しましたが、またなにかつかめたら、必ずまいります。もしそれがしが行けぬときは、伊助に走ってもらいます」

「よろしく頼む」

「では直之進さん、これで失礼いたします」

去っていく富士太郎たちを見送った直之進は、店に戻ろうとした。だが、思いとどまり、せっかく外に出たのだからと、このまま岩田屋の周囲を巡ってみることにした。

しばらく歩いてみたが、これまでと同様、付近には怪しい者の姿や気配はなかった。

――なにも動きがないな……。

昨日あの三人の浪人を逃がしたのは、とんでもないしくじりだった。せめて一人でも捕らえておけば、と直之進は改めて悔やんだ。ときが戻れば同じ過ちはせぬのだが、とほぞを嚙む。

だが、悔いてばかりいても仕方がない。前を向かねばならぬ、と直之進は思った。

なんとしても、このしくじりを取り返すのだ。それしか、自分がすべきことはない。

かたく決意した直之進は、店の表へと回った。番頭の謙助と手代の一人がこれから商談にでも赴くのか、ちょうど暖簾を払って出てきたところだった。

まるでその二人を待ち構えていたかのように七、八歳と思える男の子が、小走りに近づいてきた。

なんだろう、と思って直之進は男の子をじっと見た。

「あのう」

男の子が、おそるおそる二人に声をかける。

「はい、なにかな」

小腰をかがめて謙助が男の子に問う。

「二人はこのお店の人なの」

「そうだよ。なにか用かい」

「これを渡すように頼まれたんだ」

懐から大事そうに出した封書を、謙助に手渡している。

——あれは……。

ぴんときた直之進は、男の子にすぐさま駆け寄り、話しかけた。

「それは文だな。おぬしは、この店の者にその文を渡すよう、誰かから頼まれたのだな。どんな者がその文を託《たく》したのか、俺に話してくれぬか」

いきなり直之進に問われて、男の子が怯《おび》えたように後ろに下がった。

「ああ、これは済まぬ。俺はゆえあって、この店に奉公しているのだ」

そばに立つ謙助が、すぐさま言葉を添える。

「このお侍のおっしゃる通りだよ。このお侍は湯瀬さまといって、今はうちの者として働いておられるんだよ」

「ああ、そうなんだね」

男の子は納得したのか、ほっと息をついた。すぐに話しはじめる。

「この文を渡してきたのは、おいらの知らない男の人だったよ」

「その男は町人だったか」

間を置くことなく直之進は問うた。

「うん、そうだと思う」

「どんな身形《みなり》をしていた」

「あまりいい身形じゃなかったよ。貧しいとかいうんじゃなくて、暮らしぶりがだらしない感じに見えた」

男の子がずいぶん大人びた言い方をした。

「もう一度きくが、お侍ではなく、町人だったのだな」

四人組の浪人を念頭に、直之進はきいた。自信たっぷりに男の子が、うん、と首を縦に振った。

「町人だった」

暮らしぶりがだらしなく見えたというなら、やくざ者か遊び人の類だろうか。浪人が町人の身形をすることも考えられないではないが、あえてそこまでするだろうか。

——とにかく、文をこの子に渡したのは、あの浪人たちではなさそうだ。

「男の歳は、いくつくらいだった」

「三十くらいかなあ。ほっかむりしていたんで、あまりよくは見えなかったんだ。目がぎょろりとして鋭かったのは、覚えているけど」

「その男から文を渡されたのは、どれくらい前かな」

「ついさっきだよ。まだ四半刻もたっていないよ」

「どこで渡された」

「ここから五、六町くらい西に行ったお寺の境内。みんなと遊んでたら、声をかけられたんだ」

「もしまたその男に会ったら、わかるか」

「うーん、わからないと思う。さっきもいったけど、ほっかむりをしていて、顔がよく見えなかったから……。それにおいら、物覚えがあまりよくないんだ」

恥ずかしそうに男の子が頭をかいた。

「そうなのか。だが今は、たくさん遊ぶことが大事だぞ。そうすれば、いずれ物覚えがよくなる」

「えっ、そうなの」

男の子はびっくりしている。

「俺の学問のお師匠がおっしゃっていたが、小さい頃にたくさん遊んでいる子供のほうが物覚えがいいらしい。のちのち学問も伸びていくそうだ」

「へえ、そうなんだ」

男の子が力を得たような顔つきになった。

「だから今のうちに、思い切り遊んでおくがよい」

「わかった、そうするよ」

男の子がうれしそうに笑った。

「おぬしの名と住処《すみか》を教えてくれぬか」

いいよ、と男の子が快く答えた。

「おいら、亀太郎《かめたろう》っていうんだ。住んでいるのは湯島切通片町《ゆしまきりどおしかたまち》の康三店《こうぞうだな》だよ」

「わかった。亀太郎、ありがとう」

亀太郎に礼をいってから、直之進は謙助たちとともに店に戻った。文には達筆な文字で『岩田屋殿』と宛名が記してあった。

「岩田屋」

仕事場で帳面に向かっている恵三に近づき、直之進は文を手渡した。

「これは……」

物問いたげに直之進を見上げてきたが、なんの文か一瞬で察したらしく、恵三があわてて封を解き、文を開いた。すぐに読み終えたが、なにもいわず、ただ呆《ぼう》然《ぜん》としているように見えた。

「岩田屋、文にはなんと書いてあった」

「あ、ああ、湯瀬さま、どうぞ、お読みください」

文を受け取り、直之進は目を落とした。

案の定というべきか、おさちの身代《みのしろ》を要求する文だった。

『娘を助けたければ、三千両を用意せよ。取引の日時と場所は追って知らせる。娘の命が惜しければ、町奉行所には知らせるな』

三千両でおさちを取り戻せるなら、と直之進は思った。安いものだろう。

「三千両とは……」

とんでもない額だというような声で、恵三がつぶやいた。

「岩田屋、むろん用意するであろうな」

「えっ」

意外そうに恵三が直之進を見つめる。

——まさか、三千両を惜しんでいるのか。

直之進はわが目を疑った。

「実の娘のためだぞ。岩田屋、金蔵には金がうなっておるではないか。三千両など、おぬしにとっては、はした金であろう」

「とんでもない」

恵三が口から泡を飛ばした。

「お金は命よりも大事でございます。はした金などということは、決してございません」

「ならば、娘の命よりも三千両のほうが大事だと申すか」

直之進は、つかみかからんばかりの勢いで詰め寄った。

「いえ、もちろんおさちの命のほうが大事でございます。いわずもがなでございますよ」

直之進の気迫に押されたか、いくらけちな恵三といえども、娘のために背に腹は替えられないと、さすがに覚ったようだ。

「湯瀬さまのおっしゃる通り、金は金蔵にございます。ですので、すぐに三千両は用意できます」

息を入れてしゃんとした恵三が仕事場を出て、奥へと向かう。直之進もついていった。

恵三は、家人たちが暮らす母屋の広間に入ろうとした。ちょうどそばを通りかかった女中に、五郎蔵を呼ぶように命じた。

恵三が上座《かみざ》に落ち着き、直之進は恵三の横に座した。

五郎蔵がのそのそと広間にやってきた。

「旦那、お呼びですかい」

恵三の前に端座して五郎蔵がきく。

「かどわかし一味から文が来た」

「えっ、まことですかい」

驚きの顔で五郎蔵が恵三を見つめる。

「それで、相手は、なんといってきましたかい」

「おさちを助けたければ三千両を出せ、町方には知らせるな。それだけだよ」

「ほう、三千両とは、またずいぶん大きく出ましたねえ。旦那、もちろん出す気でいるんですね」

「当たり前だ。娘のためだ。たかが三千両、惜しんでなんか、いられないよ」

「それはよい心がけで……。で、取引はいつになるんで」

「それは追ってつなぎが来るそうだ。でも、三千両はすぐに取り戻す気でいるよ」

「えっ、それはどういうことですかい」

瞠目《どうもく》して五郎蔵がきく。

「賊を捕らえてしまえばいい」

「えっ、そのような真似をするおつもりなんですか」

「当然だよ。ただで三千両をくれてやろうなんて気は、さらさらないよ。取り戻すための段取りをつけるために、ここにおまえを呼んだんだ」

「ああ、さようでしたか」

岩田屋、と直之進は呼びかけた。

「まことに賊を捕らえる気でいるのか」

「もちろんでございます」

恵三が肩を張り、頬を紅潮させた。

「先ほども申しましたが、手前には、ただで三千両をくれてやるつもりなど毛頭ございません。三千両は、賊を釣る餌にございますよ」

むう、と直之進は眉根を寄せた。

「岩田屋、金よりもまずはおさちを無事取り戻すことの方が大事だ。三千両は捨てるつもりで取引に臨むほうがよいと俺は思うがな」

「捨てるだなんて、湯瀬さま、とても正気とは思えませんよ」

「俺には、大事な娘の身代の三千両を取り戻そうとするおぬしのほうこそ、正気とは思えぬ」

「湯瀬さまさえおられれば、賊を捕らえることなど、朝飯前でございましょう。金を取り返すことなどたやすいと存じますが」

――なるほど、俺に賊を退治させる気であったか。

「もし賊と戦うことになれば、俺は全力を尽くす。だが、三千両を惜しんで取り戻そうという考え方は、俺には危うい気がしてならぬ」

いいえ、といって恵三がかぶりを振る。

「湯瀬さまがいらっしゃるし、五郎蔵たちも力を貸してくれます。きっとなんとかなります」

その言葉に直之進は肯《がえ》んじなかった。

「三千両はともかくとして、まことにおぬしが賊を捕らえる気ならば、町奉行所に知らせるほうがよかろう。先刻話してわかっただろうが、富士太郎さんは頼りになる。おさちを取り戻すのに大いなる力を貸してくれるぞ」

直之進は強い口調で語った。恵三は、どうするのがよいか、と考え込む顔になった。

しかし、そこに五郎蔵が割って入ってきた。

「湯瀬さま、町方が頼りになるですって」

小馬鹿にしたような顔で、五郎蔵が直之進を見る。

「お言葉を返すようですが、町方なんぞ、命を惜しがる臆病者《おくびょうもの》揃い。とても当てにはできやせんし、もし町方に届けたのが相手にばれたら、お嬢さんの身が危なくなるんですぜ」

直之進から目を離し、五郎蔵が恵三に眼差しを注ぐ。

「旦那、町方に届けるなんて真似は、しねえほうがよろしいですよ」

ふむ、と恵三が小さく鼻を鳴らした。

「確かに、娘の無事を考えたら、町奉行所には知らせないほうがよいかもしれないね」

直之進は眉根を寄せた。なにゆえ五郎蔵は、ここまで町方が関わりを持つのを拒《こば》もうとするのか。

――まさか、五郎蔵がおさちのかどわかしに関わっていることはないだろうか。

そういえば、と直之進は思い出した。文を持ってきた亀太郎も、文を渡してきたのは、暮らしぶりがだらしない感じの男だったといっていたではないか。

もしそれが五郎蔵の手下だとしたら、どういうことになるのか。

――おさちをかどわかしたのは、五郎蔵たちなのか。考えられぬことはない。

その思いを表情に出すことなく、直之進は恵三に話しかけた。

「しかし岩田屋、そんなことをすれば賊の思う壺ではないか」

いいえ、といって恵三が唇を嚙み締めた。

「娘を無事に取り戻すためなら、手前はどのような手立ても厭《いと》いません。よし、決めました。町方には届けません」

もはや恵三は、直之進の言葉を聞き入れるような顔ではなかった。

直之進は舌打ちしたい気分だったが、ここは引き下がるしかない。自分が恵三に雇われたのは、賊と取引する際、不測の事態が起きぬようにするためだ。取引のやり方に、あれこれ口を挟むためではない。今は、恵三のしたいようにさせるしか道はなかった。

それでも、と直之進は思った。五郎蔵から決して目を離さぬようにしなければならない。

「それで五郎蔵、賊を捕らえるためにどういう手はずを取ればいいと思うんだい」

真剣な目で恵三が五郎蔵を見る。

「できるだけ多くの人数を取引の場に集め、賊どもを一人も逃がさねえ網をつくり上げるしか、手はないと思いますよ」

「人の網か……。五郎蔵、おまえはどのくらいの人数を集められるんだい」

「そうですね。ざっと三十人くらいかと」

「取引の場のまわりに、賊どもにばれないように人を撒《ま》くんだね」

「さようです。しかし、あっしらだけの人数では心許《こころもと》ないですから、もし旦那の方でも心当たりがあれば、人数を集めるようにしておくんなさい」

「そうかい、わしもかい。刃傷《にんじょう》に及んでも平気な者を集めなきゃいけないんだね。奉公人では無理だし、なかなか難しいね」

「まあ、心に留めおいてもらえればいいですよ……」

「うん、わかったよ」

「では、あっしはこれから子分どもを集めてまいりますんで」

よっこらしょ、と五郎蔵が腰を上げた。

「頼んだよ、五郎蔵」

へい、と答えて五郎蔵が腰高障子を開け、廊下に出る。腰高障子が閉まり、姿が見えなくなった。

五郎蔵が怪しいと告げるべきか、直之進は迷った。だが今はやめておいたほうがよい、との結論に至った。

恵三が疑いを抱けば、それが五郎蔵にも伝わってしまう。終いには五郎蔵がいぶかしんで、おさちの身に危険が及ぶことになったら元も子もない。

いずれ恵三に話せる時宜《じぎ》を得られるはずだ。そのときまで黙っていればよい、と直之進は決意した。

三

無言で座していた直之進が立ち上がった。表情からして、あまり機嫌がよいとはいえないようだ。

無理もあるまい、と恵三は思った。自分の意見があっさりと退《しりぞ》けられたのだから。

――だが、おさちのためだ。仕方ない。

「外の見廻りをしてくる」

恵三に告げて、直之進が出ていった。

直之進と入れちがうように、廊下を足早に近づいてくる足音が聞こえてきた。

「旦那さま」

腰高障子越しに声をかけてきたのは、女中のおひろである。

「どうした」

応じると、するすると腰高障子が開き、おひろが顔をのぞかせた。

「堀江信濃守さまのお使者がいらっしゃいました」

「えっ、信濃守さまのお使者……」

こんなときにどうして使者が来るのか、と恵三は苛立った。どうせ、屋敷に来いとの呼び出しだろう。きっとそうだ、と恵三は思った。

堀江信濃守も、おさちが行方知れずになっていることは知っているのだ。老中首座だからといって、いくらなんでもこんなときに呼び出すなど、手前勝手にも程がある。

だが、堀江信濃守の使者を追い返すわけにもいかない。話は聞かなければならなかった。

「わかった。客間にお通ししてくれ」

「承知いたしました」

腰高障子が閉まり、おひろの顔が消えた。身繕いを済ませ、恵三は舌打ちしてから客間に赴いた。

座布団にゆったりと座していたのは、堀江家で用人を務める龍岡《たつおか》函兵衛《はこべえ》である。

「龍岡さま、ようこそおいでくださいました」

恵三は向かいに座り、頭を下げた。

「岩田屋、このようなときに邪魔をして申し訳ない」

謝してから函兵衛が姿勢を正した。

「信濃守さまのお使者が邪魔などということは、決してございません」

「かたじけない。実はな、役宅に来てほしいのだ。我があるじがおぬしを呼んでおる」

――やはりそうだったか。

今から役宅まで出向かねばならないと思うと、恵三は気分が暗くなった。いったいこんなときに、どんな用があるというのだろう。

「はい、わかりました」

娘がかどわかされ、賊から次の文がいつ来るか知れたものではない。応じたくはなかったが、招きを断れるような相手ではない。

もしそのような真似をすれば、どんな仕打ちが待っているか。考えるだけで、恵三は怖気《おぞけ》を震《ふる》う。

函兵衛を先に帰し、急いで外出の支度をした。短気な堀江信濃守を待たせるわけにはいかない。

「湯瀬さま」

声を上げて呼ぶと、部屋に戻っていたらしい直之進がすぐにあらわれた。

恵三は堀江信濃守の役宅に行くことになったことを直之進に伝え、警固のためについてきてほしいと依頼した。

「わかった、行こう」

手代の五十平《いそへい》を一人だけ連れて恵三は外に出、道を歩き出した。直之進が後ろにつく。

恵三はおさちの安否が気になってならないが、直之進がそばにいるだけで、平静を保てた。直之進の存在はとにかく心強かった。

湯瀬さまがわしのそばにいらっしゃれば、と恵三は信じた。きっとおさちを取り戻すことができる。

道中、何事もなく大名小路《だいみようこうじ》にある堀江信濃守の役宅に着いた。訪いを入れるまでもなく、門番自ら外に出てきて、恵三を屋敷内に導き入れた。五十平と直之進は、門外で恵三の帰りを待つことになった。

母屋に上がると、恵三は玄関近くの客間に通された。驚いたことに、堀江信濃守がすでに座していた。

「あっ、信濃守さま」

驚いて恵三はその場に端座した。

「お待たせしてしまい、まことに申し訳ありません」

「なに、大して待ってはおらぬ。岩田屋、近う寄れ」

恵三は膝行《しっこう》し、堀江信濃守に近寄った。

「よく来た」

「信濃守さまのお呼びとあらば、手前はいつでも参上いたします」

「よい心がけだ」

昏をひん曲げて堀江信濃守が小さく笑った。

「ところでそなた、存じておるか」

「なにをでございましょう」

「先日、高山家当主の下野守恒明《しもつけのかみつねあき》が亡くなったことだ」

脇息《きょうそく》にもたれた堀江信濃守が、厳《おご》かな声で告げた。

「はっ、存じております。自ら命を絶ったという噂《うわさ》もあるようでございますが
……」

「ほう、よく知っておるの。さすがに早耳だ」

「畏れ入ります」

恵三はこうべを垂れた。

「下野守の話は誰からきいた」

恵三に鋭い眼差しを注いで、堀江信濃守がきいてきた。

「同業のあるじにございます。高山さまの領地出羽笹高の米を扱っている店でございまして、内々の事情がまずまず入ってくるようで……」

「なるほど」

軽く咳払いした堀江信濃守が、忌々《いまいま》しげな顔つきになった。

「下野守は浅草《あさくさ》御蔵《おくら》の大普請が高山家に命じられると知り、自ら死んでみせたのだ。不幸のあった家に、御蔵普請が命じられることはあるまいと踏んでな」

うなり声を上げ、堀江信濃守が怒気《どき》を頬にたたえた。

「わしはその考えが気に入らぬ。公儀のやり方に不満を抱き、下野守は死んだのだ」

堀江信濃守が吐き捨てた。

「わしへの当てつけとしか思えぬ。まさに不埒《ふらち》な輩としかいいようがない」

領内で飢饉が起こり、疫癘《えきれい》が流行《はや》っているせいで高山家は困窮《こんきゅう》の極みにあったらしい。その上さらに、御蔵普請まで命じられたら、高山家は破滅するしかない。

それをなんとしても避けるために下野守は死を選んだのだろうが、よほどの覚悟がなければできないことだ。

——家や領民のために死んでみせるとは、わしには決して真似できん。

恵三は、実に惜しい人物を死なせたような気分になった。

「あの、もしや堀江信濃守さまは……」

ぴんときて、恵三は水を向けた。

「そなたの考えている通りだ。わしは高山家に御蔵普請の命を下すつもりだ」

目をつり上げて堀江信濃守が宣《せん》した。つまり、と恵三は思った。高山下野守の死は、老中首座の機嫌を損ねる結果にしかならなかったことになる。

哀れな、と恵三は思った。この決定を下野守が知ったら、あの世から堀江信濃守を呪い殺そうとするのではあるまいか。

「そなたも知っての通り、もともとわしは高山家を取り潰す気でおった。当主が死んだからといって、その気持ちが変わるはずもない。むしろ死んでくれて、ありがたかったくらいだ。下野守の弟が高山家の当主となったが、そちらのほうが与《くみ》しやすかろう」

「さすが、ご老中首座でいらっしゃいます。首尾が一貫しておられますな。そういうことならば、高山下野守さまは、まさに無駄死にでございますな」

「うむ、そういうことだ」

傲然《ごうぜん》と堀江信濃守が胸を反らした。

「高山家を取り潰せば、出羽笹高は公儀のものとなる。笹高の米はそなたが一手に扱えるようになり、莫大な儲けを手にできよう。そして、その利の三割がわしの懐に入る。岩田屋、そういう約束であったな」

「おっしゃる通りでございます」

恵三は低頭した。儲けの三割も持っていかれるのは痛いが、笹高の米を扱えるのは商売として相当大きい。

「岩田屋、そなたも知っているであろうが、わしは金のためなら、なんでもするぞ。そなた以上に、金が大事なのだ。大金を手にするためなら、わしは決して手段を選ばぬ」

これまで堀江信濃守がしてきた悪事のほとんどを、恵三は覚えている。今の言葉は真実である。

こほん、と堀江信濃守が咳払いをした。

「ところで岩田屋。高山家の始末をどうするかを知らせるために、そなたを呼んだわけではない」

強い目を恵三に当てて、堀江信濃守が再び口を開いた。

「どういうご用事でございましょう」

両手を揃え、恵三はかしこまってきいた。

「そなたの一人娘がかどわかされたことが、わしは気になってならぬ。その後どうなったか、聞かせてもらいたいと思うてな」

「承知いたしました」

一礼した恵三は、今日かどわかし一味から三千両の身代を求める文が来たことを告げた。

「なんとっ」

堀江信濃守が、大仰《おおぎょう》なまでの驚きようを見せた。すぐに眉根を寄せる。

「賊から三千両を求める文が来たと申すか。では、賊が何者か知れたのか」

身を乗り出して堀江信濃守が問うてきた。

「それはまだわかっておりません」

吐息を漏らしつつ恵三は答えた。

「そうか、それは残念だの……」

「まことに」

　体を引き、堀江信濃守が小さく息をついた。

「それで岩田屋、どうするつもりだ。賊にいわれるままに三千両を支払い、娘を取り戻す気でおるのか」

　いえ、と恵三は首を横に振った。

「賊を捕らえる気でおります」

「ほう、やる気だの」

「信濃守さま、そこでご相談でございますが、ご助勢をお願いできませんか」

「助勢だと」

　険しい声を上げて、堀江信濃守が恵三をにらみつける。

「それは、我が家から捕縛《ほばく》の人数を出せと申しておるのか」

「はっ、できますれば」

「無理に決まっておろう」

　語気荒く答えて堀江信濃守が右手を乱暴に振った。

「賊と真剣での戦いになるかもしれぬ危うい場に、大事な家臣を出せるわけがない。岩田屋、そのくらい、自分でなんとかせい。そなたはやくざ者も飼っておるではないか。あの者たちは命知らずだ。いざというときのために、金を出しておるのではないのか」

「はあ……」

「なんだ、その気のない返事は」

脇息から身を離した堀江信濃守が、恵三を厳しく叱責する。

「一人娘がかどわかされたのは、これまでの悪行の報《むく》いであろう。老中首座の威光をもってしても、かどわかし一味の捕縛に助力することなどできぬ。だいたい、わしはすでに南町奉行の曲田伊予守に、そなたの娘の件は格別に力を入れて探索するよう命じておるのだ。それ以上、なにを望むというのだ」

怒りに満ちた顔で、堀江信濃守が突っぱねてきた。

「さようにございますか……」

恵三は落胆を隠せなかったが、すぐに歯を食いしばった。

――その悪行とやらは、決してわし一人でしてきたわけではない。信濃守さまとは一蓮托生《いちれんたくしょう》だったではないか。

「岩田屋、なんだ、その顔は。なにか文句でもあるのか」

肩を揺すって堀江信濃守がすごむ。恵三は体から力を抜いた。

「いえ、手前に文句などございません。あるはずがございません」

「まあ、そうであろうな。もし万が一、わしに逆らおうものなら、どんな目に遭うか、よくわかっておろうが」

——くそう、そっちがその気なら……。

恵三は心中で顔をゆがめた。

——これまでの悪行を、すべてぶちまけてやってもよいのだぞ。

堀江信濃守はなにしろ敵が多い。もし恵三がその気になれば、大喜びする者は少なくないだろう。

——だが、そんなことをすれば、この身も破滅だ……。

恵三が、堀江信濃守の悪事の片棒を担いできたのは事実なのだ。もし包み隠さずに真実を吐露《とろ》すれば、恵三自身、ただではすまないだろう。死罪はなんとか免《まぬが》れることができるかもしれないが、遠島《えんとう》はまず避けようがないだろう。

遠島など冗談ではない。恵三は、江戸での暮らしを捨てる気などまったくないのだ。

数々の悪行に及びながらも、これまで恵三が捕まらずにきたのは、堀江信濃守の後ろ盾があったからだ。

——八丈島《はちじょうじま》になんぞ、行きたくない。

結局はなにもできない自分に意気消沈し、恵三はうつむくしかなかった。

「どうした、岩田屋。なにを考えておる」

頭上から堀江信濃守の声が降ってきた。恵三は面を上げた。

「娘のことを考えておりました」

「そうか。心配であろうな。ところで岩田屋、わしの用はもう済んだ。賊との取引を控えておるのなら、さっさと帰ったほうがよいのではないか」

堀江信濃守が大儀そうに立ち上がった。

「わしは、これで引き上げる。娘の無事を祈っておるぞ」

まるで心のこもっていない言葉を吐いて、堀江信濃守が恵三の前からいなくなった。

ぴしゃりと襖《ふすま》の閉まる音を聞いた恵三は、くそう、と毒づいた。首筋が凝《こ》っているのがわかり、指でぐいぐいともんだ。

堀江信濃守と相対しているあいだ、ずっと頭を押さえつけられているような威圧感があった。堀江信濃守がいなくなったことで、それが消えた。

――これが、老中首座の威厳というものであろう……。

勝てんな、と思いつつ客間をあとにし、恵三は一人で冷たく薄暗い廊下を進んだ。玄関で雪駄《せった》を履いて外に出て、石畳を歩いて門に向かう。

門の外で待つ直之進の顔を見たら、心から安堵を覚えた。すがりついて泣きたい気持ちになった。

「さあ、帰りましょうか」

恵三は直之進をいざなった。うむ、と直之進がうなずいた。

「岩田屋、浮かぬ顔をしておるが、なにかあったのか」

直之進にきかれて、恵三はまた涙が出そうになった。五十平も、心配そうな顔を向けてきている。

「相手が老中首座でございますから、いろいろと気疲れがございます。まあ、仕方ありますまい」

あきらめの口調でいって恵三は、店がある上野北大門町を目指し、歩きはじめた。

「岩田屋は、老中首座とは昵懇《じっこん》の間柄ではなかったのか」

後ろから直之進が話しかけてくる。

「手前はそのつもりでしたが、どうやらちがったようでございます。そう思っていたのは、手前だけだったようで……」

背後にいる直之進の顔を見て恵三は答えた。

「しかし老中首座も、おさちがかどわかされたことを知っているのであろう。それなのに、親身になってくれなかったというのか」

「いつものことでございますよ」

「だが今は、岩田屋にとって非常のとき。わざわざ呼び出しておきながら、その気遣いもないとはな……。堀江信濃守という男は大した器量ではないな。評判通りずる賢いらしい。あくどいことばかり考えているようでは、いくら老中首座といっても、先が知れておる。よい死に方をせぬぞ」

確信ありげな声で直之進が宣した。

――さて、わしはどうなのか。

直之進の言葉を受けて恵三は考え込んだ。

――生き方を改めなければ、どのような末路をたどるか知れたものではない……。

そんなことを思案しつつ堀江信濃守の役宅から一町ばかり進んだとき、恵三の前を行く五十平が、あっ、と声を上げた。

なんだと思って恵三が見ると、頭巾をかぶった一本差の浪人が前途を遮《さえぎ》るように立ちはだかっていた。浪人の突き刺すような眼差しが、自分に注がれていると恵三は感じた。

——なんだい、この男は。まさか、湯瀬さまが捕らえ損ねた三人組の浪人の一人じゃないのかい。

ふと恵三は、体がひどく重いことに気づいた。いったいどうしてなのか。

もしや、と覚った。

——これが殺気《さつき》というやつか。

目の前の浪人がそれを発しているのは疑いようがない。堀江信濃守が持つ気とは力がまるで異なり、縄で雁字《がんじ》搦《がら》めにされているかのようだ。

——まさかわしを殺そうというんじゃ、ないだろうね。

恵三は、恐怖に体がかたまった。こんなことは初めてで、粘つくような汗がなぞるように背中を流れていく。

つと、浪人がするすると間合を詰めてきた。

「な、なんですか、あなたは」

狼狽《ろうばい》し、後ずさった五十平の背中が恵三にぶつかった。その拍子に恵三はよろけたが、背後から即座に支える者がいた。

「大丈夫か」

直之進が頭巾をかぶった浪人に目を当てたままきいてきた。

「は、はい、大丈夫でございます。あ、あの、湯瀬さま。その浪人は昨日の三人組のうちの一人でございますか」

小声で恵三はきいた。

「いや、ちがうな」

直之進があっさりと否定する。

「昨日の三人組ではないし、おさちをつけていたという浪人でもない。あの四人とは、腕があまりにちがい過ぎる」

直之進が低い声で伝えてきた。

「さ、さようでございますか。やはりこの浪人は遣い手なのでございますね」

うむ、と直之進がうなずいた。

「かなりのものだな。岩田屋、五十平、俺の後ろでおとなしくしておれ。動くなよ」

恵三と五十平を後ろ手にかばうようにして直之進が、ずいと前に出た。

——ああ、湯瀬さまが一緒でよかった。

たくましい背中を見やって、恵三は吐息を漏らした。深い安堵が胸を包み込む。

しかし、と恵三は浪人を見つめて思った。いったい何者なのか。おさちをかどわかした一味だろうか。

——だが、それならなぜわしを狙う。おさちの一件とは関わりなく、わしに怨みを持つ者なのか。

浪人は金を積まれ、誰かに殺しを頼まれたのかもしれない。

これまで何度も何者とも知れない者に命を狙われてきたが、地虫《じむし》のような者になにができるんだい、とばかりに恵三は平然としていた。怖いと思ったことは、ほとんどなかった。

だが、それらはすべて運がよかったに過ぎない。たまたま切り抜けられただけだったのだ。目の前の浪人のような遣い手は一人もいなかったのだから。

——これから先も悪運に頼るわけにはいかない。やはり生き方を変えて、人さまから怨みを買わないようにしないと……。

どうか頼みます、と恵三は直之進の背中に向かって、心中で両手を合わせた。

四

いつでも抜刀できる体勢をとった直之進は、一間ほど先に立つ頭巾の男を見た。

なにか妙だ、と感じた。目の前の男は本当に浪人なのか。暮らしに疲れたような色やにおいがにじみ出ていない。

形《なり》はそれらしくしているが、この男は浪人ではないのではないか。なにか別の生業があるような気がしてならない。

直之進は、男の両眼を見つめた。

頭巾からのぞく二つの目は、酷薄そのものだ。もし真剣での戦いとなれば、躊躇なくこちらの息の根を止めに来るだろう。平然と人を殺せる者の目だ。これまで、幾度となく修羅場《しゅらば》をくぐり抜けてきたにちがいない。

――もしや殺しをもっぱらにする者か。

これだけの腕を持っているのなら、十分に考えられる。そんな男が白昼堂々、恵三を殺しにあらわれたというのか。

――いや、ひょっとすると、真の狙いは俺かもしれぬ。

昨日の夜明け前に、何者かに襲われたことを直之進は思い出した。ただし、目の前の男は昨日の男ではない。

――俺をあの世に送るために、別の者が遣わされたということか……。

男が相当の遣い手であるのはまちがいないが、まず後れを取ることはあるまい、と直之進は踏んだ。仮に相手が凄腕の殺し屋だったとしても、真剣での戦いの場数では負けていないだろう。

これまで数え切れないほど強敵と刃を交えてきたが、そのほとんどに勝利し、直之進は生き延びてきた。戦った中には、目の前の男より強い者も少なからずいた。

直之進の出方を探っているのか、男は微動だにしない。わずかに腰を落として、直之進は男にたずねた。

「我らになにか用か」

だが応《いら》えは返ってこず、男は直之進を黙って見据えているだけだ。

「おぬし、何者だ」

それにも答えはなかった。不意に、男からさらなる強い気が放たれた。

「やる気か」

男を見返して直之進は問いかけた。

「当然だ」

男が初めて言葉を発した。頭巾のせいで、くぐもった声だ。

「おぬしの狙いは俺か、それとも岩田屋か」

「わからぬか」

「俺のようだな」

「さて、どうかな」

目尻を下げて、にやりとした男が抜刀し、正眼に構える。

ほう、と直之進は密かに感嘆の息をついた。男の構えには、まったく隙がない。思った以上に遣えるようだ。

——だが俺は決して負けぬ。

丹田《たんでん》に力を込め、直之進も刀を抜いた。戦いは先手を取ったほうに利がある。

上段に刀を構えた直之進は間を置くことなく一気に踏み出した。

男を間合に入れるや、手加減なしで刀を振り下ろした。直之進は男を殺す気でいる。さもないと、こっちがやられてしまう。

男が刀の腹で、直之進の斬撃を弾き返してきた。がきん、と鉄の鳴る音が直之進の耳を打ち、強い衝撃が腕に伝わった。男はかなりの膂力《りょりょく》を誇っているようで、直之進は少し押された。

その勢いに乗じて前に出た男が、下段から刀を振り上げてきた。直之進は後ろに下がることなく、男の斬撃を撥ね返した。

また鉄が鳴る音がし、男が、むっ、という目で直之進を見た。直之進の打ち返しが予期せぬ強烈さを秘めていたようで、男の体勢が崩れかけた。それを逃さず、直之進は斬りかかった。

たまらず、という感じで今度は男が後退した。地を蹴り、直之進は男の懐めがけて躍り込んだ。

男がさっと横に回り、直之進の胴を薙《な》ごうとした。直之進は体を低くしてその斬撃をかいくぐり、体を伸ばすや袈裟《けさ》懸《が》けを見舞っていった。

身をよじり、男がぎりぎりで直之進の斬撃をよけた。空を切った刀を瞬時に引き戻し、男が体勢を立て直す前に直之進は刀を横に払った。

だがその刹那《せつな》、背後でかすかな風切り音を聞いた。すぐさま直之進は体を前へと投げ出していた。体内に棲《す》む獣がさせた動きだった。

その直後、直之進が立っていたところを一陣《いちじん》の風が通り過ぎた。両足をすっぱり斬られたのではないか、という危惧が地面を転がる直之進の頭をよぎった。

――もう一人おったか……。

迂闊《うかつ》だった、とほぞを嚙みつつ直之進は素早く立ち上がった。二本の足がちゃんとついていることがわかって胸をなで下ろしたが、そばに立つ頭巾の男が好機とばかりに刀を鋭く振り下ろしてきた。

間に合うかどうか、賭けに等しかったが、直之進は両手で刀を頭上に掲げた。激しい衝撃が腕に伝わってきて、かろうじて男の斬撃を刀で受け止めたことを知った。

刀を掲げたまま、直之進は頭巾の男を見上げた。この男は背後の者のために、囮《おとり》役を務めていた。あえて体勢を立て直そうとせず、直之進の意識が背後に向かないよう引き付けていたのだ。

決して油断したわけではないが、この者たちの策にはまったのを直之進は知った。もし風を切る音が背後から聞こえなかったら、死んでいたかもしれない。それでも、直之進はまだ冷静だった。いま以上の危機は、これまでにもたくさんあった。

直之進の自由を奪うためか、頭巾の男が上からぐいぐいと刀で押さえつけてくる。そのあいだに、もう一人が直之進を斬り伏せるという魂胆だろう。

そうはさせるかと直之進は腰に力を込め、思い切り、上に跳躍《ちようやく》した。その途端、両手を万歳するように頭巾の男が後ろによろめき、たたらを踏んだ。

——今度は芝居などではない。

直之進は、男が体勢を立て直す前に斬り捨てんとする姿勢を取った。だが、これは背後の者をおびき出す陽動《ようどう》の動きだった。

背後の者は頭巾の男を助けようと、音もなく直之進に近づき、斬りかかってきた。

——かかったな。

直之進はまるで気づいていない振りをし、背後の者を存分に引きつけてから、さっと振り返って逆胴《ぎやくどう》を見舞った。

不意打ちのような斬撃を受けた背後の者はさすがに面食らい、直之進の刀をかわそうと身をよじった。だが、ぴっと音がし、むう、とうなり声を上げた。

背後の者も頭巾をしていたが、そこからのぞく二つの目が大きく開かれ、自身の左の袖を見ていた。袖がすぱりと切れて傷口から血が滴り、着物の色を変えつつあった。直之進は続けざまに攻撃しようとしたが、もう一人の頭巾の男が左手から突っ込んでくるのが見えた。右に少し動いて、あっけにとられているらしい恵三と五十平を改めて背後にかばい、二人の賊に向けて刀を構えた。

「大丈夫か、怪我はないか」

頭巾の男二人に目を向けながら、直之進は恵三にきいた。

「は、はい、どこにも怪我はございません。湯瀬さまこそ、大丈夫でございますか」

「俺は平気だ。このくらい慣れておる」

実際、多くの遣い手と戦ってきて、殺られると覚悟したことは、一度や二度ではない。

――それにしてもこいつら、いったい何者だ。

直之進の正面に立って正眼に構える二人を見つめ、考えた。だが、いくら考えたところで、ここで答えが出るはずもない。なんの手がかりもないのだ。

どちらか一人だけでも捕らえて、襲ってきたわけを吐かせたいものだが、果たしてやれるものか。

——仮に捕らえたところで、なにもいわぬのではないか。

頭巾越しだが、二人は何事にも屈しない肚《はら》のすわった面構えをしているように思えた。もし直之進に捕まるようなことがあっても、あっさり死を選んでみせるのではないか。

——殺すしかないか。

この場を切り抜けるには、それしか手立てがなさそうだ。

——よし、やるぞ。

自らに気合を込め、直之進は二人に斬りかかろうとした。そのとき、横合いの武家屋敷の角から、ぞろぞろと六人ばかりの一行が姿をあらわした。一人が身なりのよい侍で、五人の供がついているようだ。

侍たちは、真剣を向け合っている直之進たちを見て目をみはり、その場でかたまったように動かなくなった。

「あっ、仁支川《にしかわ》さまではございませんか。どうか、お助けください」

知り合いだったのか、いきなり恵三が侍に懇願した。

「おっ、岩田屋ではないか」

仁支川と呼ばれた侍が恵三を見て、驚きの声を上げた。

「いったいどうしたというのだ」

「はい、いきなりこの二人に襲われたのでございます」

恵三が頭巾の男たちに血走った目を向けた。

「なんと、そうであったか。ならば是非もない。助太刀《すけだち》いたそう」

仁支川が、あわてて柄袋《つかぶくろ》を外しはじめた。五人の供のうち、若党らしい三人が仁支川に倣う。

仁支川が刀を抜き、頭巾の男たちと対峙する姿勢を取った。三人の若党が仁支川の前に出て、刀を正眼に構える。

仁支川と若党たちが大した腕でないのを、直之進は瞬時に見て取った。頭巾の男たちの目にも同じように映ったはずだ。

直之進としては、なんの関わりもない仁支川たちに、ここで怪我を負わせるわけにはいかなかった。下手を打てば、死なせてしまうことになりかねない。

頭巾の男たちは、いらぬ邪魔が入ったと考えているのか、二人とも目つきがひどく険しくなっていた。引き上げるか、それともこのまま戦うべきか、迷っているように思えた。

二人が心を乱している今こそが機会だと判断し、直之進は地面を蹴ってこれまで以上に深く踏み込んだ。左腕に傷を負った男に向けて、刀を猛然と振り下ろしていく。

男が刀を振り上げ、直之進の斬撃を弾き返そうとしたが、直之進は斬撃に変化を加えていた。男の刀を直之進の刀がかいくぐるように動き、腹に刃が吸い込まれる。

だが直之進は、むっ、と声を漏らした。肉を斬った手応えがまったくなかったのだ。

直之進の刀は、男の着物だけを斬り裂いたに過ぎなかった。男はぎりぎりで後ろに下がり、直之進の斬撃をかわしてみせたのだ。

それを見たもう一人の頭巾の男が、引くぞっ、と怒鳴るような声を発した。その声に応じ、左腕に傷を負った男がいち早く走り出す。もう一人の男も、だっと地を蹴って駆けはじめた。二人は、仁支川たちがあらわれた角を曲がっていく。

仁支川たちがいる今なら恵三から少し離れても大丈夫だろうと断じ、直之進は二人を追いかけた。

二人は土煙を猛然と立てて走っていく。一人が怪我をしているようにはとても見えない。二人とも足がひどく速く、あっという間に姿が小さくなっていった。

これは追いつけぬ、と直之進はすぐさま踵《きびす》を返して恵三たちのもとに戻った。頭を下げて、恵三が仁支川に礼を述べていた。直之進が近づいてきたのに気づき、ややかたい笑顔で仁支川のことを紹介する。

仁支川は兵庫助《ひょうごのすけ》といい、西国のさる大名家の留守居役《るすいやく》ということである。岩田屋が領内の米を売りさばいている縁で、知り合ったそうだ。

歳は四十前後だろう、と直之進は踏んだ。岩田屋の知り合いにしては、実直そうな顔をしていた。

「それにしても湯瀬どの、おぬしはまことによい腕をしておる」

ほれぼれしたという顔で、仁支川が直之進を褒《ほ》めた。

「聞けば、岩田屋の用心棒を務めておるとのことだが、頼めば武家の用心棒も引き受けてくれるのか」

「お望みとあらば」

仁支川の家中でお家騒動でもあり、用心棒を必要としている者がいるのだろうか。

「そのときは、岩田屋に仲立ちを頼めばよいかな」

「そうしていただけると、助かります」

「あの、仁支川さま」

首を傾げて恵三が呼びかける。

「なにか御家中で、心配事でもあるのでございますか」

「うむ、ちとな」

眉根を寄せた仁支川がすぐに面を上げ、背筋を伸ばした。

「岩田屋、ではわしはここで失礼する。もし湯瀬どのに用心棒をお願いすることになれば、そのときはつなぎを取るゆえ、よろしく頼む」

「承知いたしました」

仁支川に向かって恵三が辞儀する。仁支川が直之進に会釈してから、せかせかと歩き出した。すぐさま五人の供が従った。

「なにかあったのでございましょうな……」

仁支川たちを見送って恵三がつぶやいた。

「殿さまの身になにかあったのではないか。それとも、これからなにか起きそうなのか」

「お殿さまに……。仁支川さまの御家中は、平穏そのものと思うておりましたが、なにやら不穏な気配が漂いはじめているのでございますか。案じられますな……」

顔をしかめて恵三が歩き出す。五十平がすぐに恵三の前に出た。あたりに警戒の目を放ちつつ直之進は恵三たちの背後についた。

湯瀬さま、と直之進をちらりと見やって恵三が問いかけてくる。

「今の二人の浪人、やはり手前の命を狙ってきたのでございますな」

直之進が答える前に言葉を続ける。

「おさちがいなくなって、今度は手前が狙われるとは……。いったい、なぜこのような目に遭ってしまうのでしょうか。やはり、これまでの悪行の報いということでございましょうな」

「それはちがう」

直之進が否定すると、えっ、と恵三が振り返った。

「湯瀬さま。それは、どういうことでございましょう。そういえば、俺が狙いかと賊にきいておられましたな……」

「先ほどの二人は、俺が狙いだったのだ。なにしろ、おぬしを殺そうと思えば殺せたはずだからな」

「いわれてみれば、あとから姿を見せた一人は、手前どもの後ろから現れて、手前どもの横を素通りしていきましたな」

恵三が気がかりそうな顔を向けてきた。

「もしまことに湯瀬さまが狙われたのだとして、心当たりはございますか」

すぐさま直之進はかぶりを振った。

「それが皆目《かいもく》わからぬのだ。このところ、身辺は穏やかであったからな……」

「さようにございますか。湯瀬さま、十分にお気をつけくださいませ。もし湯瀬さまの身になにかあれば、おさちを無事に取り返すことができなくなってしまいますので」

「その通りだな。心しておこう」

その後はなにも起きず、直之進は恵三を無事岩田屋に送り届けた。

恵三は、店におさちが戻ってはいないかと一縷《いちる》の望みを抱いていたようだが、残念ながらその願いはかなわなかった。

唇を噛み締めた恵三は落胆を隠そうともせず、一気に疲れが出たのか、仕事場に入った途端、畳の上にへたりこんだ。

むう、と墨兵衛はうなるしかなかった。政助と稀一郎の二人をもってしても、湯瀬直之進は討てなかった。

湯瀬は、一度は逃げた政助たちを追っていったが、すぐにあきらめたらしく、恵三たちのもとに戻ってきた。助太刀を買って出たらしい侍たちが湯瀬たちに別れを告げたようで、さっさと歩き出した。

湯瀬たちも連れ立ってその場を離れていく。墨兵衛の視界から、湯瀬の姿が消えた。

それを待っていたかのように墨兵衛の左足のふくらはぎが、ずきり、と痛んだ。うっ、と顔をしかめて裾をめくってみた。むう、とうなりそうになった。

――また大きくなっておる……。

しかも赤みが濃くなってきていた。

――これはまずいぞ。なんとしても湯瀬を屠《ほふ》らねば、わしの身が危うくなる。

なんとかしなければ、と墨兵衛は歯を食いしばった。どうすれば、あの男をあの世に送れるのか。

――わしが出なければ駄目か。

それしか手立てはないのかもしれない。

――いや、それはまだ早い。

これまで三人の刺客が敗れただけで、凄腕の刺客はまだ組内に残っている。

墨兵衛は、四人の顔を思い浮かべた。あの四人が同時にかかれば、湯瀬を亡き者にできるのではないか。

きっとできる、と墨兵衛は思い、拳をぎゅっと握り締めた。

――もし四人がかりでも駄目なら、そのときこそがわしの出番になろう。

小さく息をついてから、墨兵衛は隠れ家に向かって一人歩き出した。

五

なんとしてもおさちたちを捜し出すというかたい決意のもと、富士太郎は珠吉と伊助を連れて縄張外の町々を巡り、ひたすら探索に励んだ。

浅草竜宝寺門前町《あさくさりゆうほうじもんぜんまち》における聞き込みで、おさちたちと同様に、この界隈《かいわい》で数人の年若い娘が、十日ばかりのうちにいなくなっているのが知れた。

「それは本当のことかい」

驚きを隠せなかった富士太郎は、話を聞かせてくれた近所の女房らしい女に質した。

「ええ、もちろんですよ」

三十代半ばと思える女が、大きくうなずきを返してきた。

「なんといっても、うちの向かいの娘さんが姉妹でいなくっていますからね。ほかにも、近所で四人ばかり、姿を消したっていう噂を聞きましたよ」

「娘たちの縁者は、町奉行所に届けを出したのかい」

「ええ、出していると聞いてますよ」

「ああ、そうなのかい……」

迂闊なことに、富士太郎はそのことを知らなかった。縄張外だから気づかなかったというのは、いいわけにもなるまい。

――こいつは大きなしくじりだね。しかし、いったいどういうことなんだろう……。

「済まないけど、その向かいの家とやらの場所を教えてくれるかい」

富士太郎は女に頼み込んだ。

「ああ、はい、もちろんですよ」

女は、竜宝寺門前町の東にある桃林寺門前町《とうりんじもんぜんまち》の表長屋に住む者だという。向かいは沢木屋《さわきや》というろうそく問屋だそうだ。このあたりは寺がことのほか多く、ろうそくの需要《じゆよう》は相当なものだろう。

沢木屋の家人に話を聞くために、富士太郎たちは女と別れ、桃林寺門前町に向かった。

「旦那」

その途中、珠吉が呼びかけてきた。

「なんだい」

「いま思い出したんですが……」

珠吉は深刻そうな顔をしている。

「珠吉、なにを思い出したんだい」

「実は、七年前にも娘たちの行方知れずがあったんですよ」

「えっ、そうなのかい」

目をみはって富士太郎は珠吉にきいた。

「七年前に行方知れずになった娘は、江戸全体で三十人を超えたんですよ」

なんだって、と富士太郎は絶句しかけた。

「七年前に、そんなに大きな一件があったんだね」

知らなかったよ、と富士太郎はいった。

「七年前というと、旦那はまだ見習《みならい》同心になったかならずやの頃ですから、知らないのも無理はありませんよ」

優しい口調で珠吉が慰める。

「行方知れずになった三十人もの娘たちは、かどわかされたのかい」

「当然のことながら、そういう風に町奉行所の誰もが考えました。しかし、残念ながら下手人は捕まえられなかった」

「娘たちはどうなったんだい」

「行方知れずのままです」

唇を嚙み、珠吉が無念そうな顔になる。

「いまだに一人も見つかっていません」

なんと、と富士太郎は息をのんだ。

「そいつは、娘たちがあまりにかわいそうすぎるね。残された家族もだけど……」

「町奉行所では人売りが動いたのではないかと考え、徹底して探索を行ったのですが、結局、手がかりすらろくに得られなかったのですよ」

ふう、と珠吉がため息をついた。

「旦那、すみませんでした」

「珠吉、なにを謝るんだい」

「いえ、おさちとおきよという二人の娘が行方知れずになったとわかったとき、すぐに七年前の一件を思い出すべきだったんです」

「それをいうなら、おいらもだよ。七年前なら珠吉のいう通り、まだ見習としても町奉行所には出仕していなかったけど、八丁堀《はっちょうぼり》に暮らす者として、それだけ大きな一件を知らずにいただなんて、まったく、恥としかいいようがないよ」

――ああ、本当になんでおいらは知らなかったんだろう。もし知っていたら、もっと別のなにかが見えたかもしれないのに……。

「七年前に、旦那が調べに加わっていたら、とっくに下手人を捕まえてたかもしれないですね。もし見習として出仕して、探索に加わっていたら、と思いますよ」

言い終えて珠吉が唇を嚙んだ。富士太郎はかぶりを振った。

「腕利きの先輩方がとことん調べてもわからなかったんだ。仮においらが探索に加わったところで、なにもできなかっただろうさ」

「そんなこと、ありませんよ」

「ほとんどなんの経験もない若造だよ。本当になにもできなかったさ」

ふむ、と小さくうなって富士太郎は腕組みをした。

「今回のかどわかしは、七年前と同じ者の仕業だろうか」

話題を変えるように富士太郎はきいた。

「あっしはどうもそんな気がしますね。いや、むしろまちがいないと思いますよ」

珠吉は、確信のある顔つきをしている。横で伊助もうなずいていた。富士太郎も同感である。

「それにしても、七年ぶりというのは、どういうことなのかな。七年前の儲けを使い果たし、またぞろ仕事に取りかかったのかな」

「そうかもしれませんが、あっしは、賊どもは毎年欠かさず仕事をしているのではないかとにらんでいますぜ」

えっ、と富士太郎は声を発し、珠吉の顔を見直した。

「どういうことだい」

「あっしは、賊どもは一年ごとに場所を変えて悪事をはたらいているんじゃないかと思っているんですよ。江戸には、七年ぶりにやってきたのではないかと……」

珠吉の言葉の意味を考え、富士太郎は、つまり、といった。

「七年前に江戸で仕事をした賊どもは、たとえば六年前は江戸以外の関八州《かんはっしゅう》、五年前には陸奥《むつ》、四年前は上方《かみがた》、という具合に年ごとに場所を変えて、次々と悪事をはたらいているとでもいうのかい」

「その通りです」

　珠吉が深いうなずきを見せた。

「人さらいを生業にしている賊どもが、欲深くないわけがありやせん。そんな連中が六年ものあいだ何もせずにじっとしているなんて、あっしにはとても考えられませんからね」

「ああ、珠吉のいう通りかもしれないね」

　富士太郎は珠吉の見立てに同意した。

「賊どもが七年ぶりに江戸に舞い戻ってきたんだね。それぞれの土地で悪事をはたらくたびに、賊どもは三十人ほどの娘をかどわかしているのかな」

「それぞれの土地で数にばらつきはあるかもしれませんが、だいたいそのくらいじゃないかという気はしますよ」

「だったら、おさちもおきよも七年前と同じ人さらいの手にかかってしまったと考えるべきなんだろうね」

「その通りだと思いますね」

「ならば、これからは七年ぶりにあらわれた人さらい一味の仕業という線も頭に入れて調べていくほうがいいね」

「さようですよ」

珠吉が控えめににこりとし、伊助が顎を引いた。

「仮に三十人の娘をかどわかしたとして、どのくらいの儲けになるんだろう」

「戦国の世の終わりに書かれた書物で読んだことがありますが……」

珠吉の背後から伊助が顔を突き出してきた。

「太閤《たいこう》秀吉公の頃で見目《みめ》よい若い娘なら、当時の値で一両から十両になったのではないかと思います。二束三文で奴隷《どれい》として売られる人もたくさんいたようですが、若い娘はまずまずの値で取引されていたようですよ」

「戦国の世に、大勢の人が奴隷として盛んに売り買いされていたという話は聞いたことがあるよ。それにしても、娘一人が一両から十両とはね。その値を今に当てはめたら、三十人なら最も高くて三百両か。もちろん、戦国の値をそのまま当てはめるわけにはいかないだろうけど」

「今でしたら――」

間を空けずに伊助が言葉を続けた。

「若い娘なら、一人三十両から八十両になるのではないかと思います。前に金之《きんの》丞《じよう》親分が、人殺しをした女衒《ぜげん》を捕まえたのですが、そのとき女衒がそんなことをいっていました」

金之丞とは、伊助が前に下《した》っ引《ぴき》として仕《つか》えていた岡《おか》っ引《ぴき》である。金之丞がさる事件で殺されたのち、伊助の能力を見込んで富士太郎が中間として引き取ったのである。すでに六十を過ぎた珠吉の後釜《あとがま》に育てようという思いもあった。

「三十両から八十両か。ずいぶん高いんだね」

「ええ。見目がよかったら、百両になる娘もいるそうです」

「仮に一人六十両だとして、三十人をかどわかせば千八百両か。年に一度の稼ぎとしては相当なものだね」

「なにしろ元手はただですし……」

「元手がかからないというのは、商売として大きいものね」

はい、と伊助が首肯する。

「まるまる儲けになりますから」

歩きながら富士太郎は腕組みをした。

「人さらいというのは、かどわかした娘たちをどこに売るんだろう」

「南蛮《なんばん》という話がありますよ」

声をひそめて伊助が答えた。

「南蛮かい……」

そうなのではないか、と富士太郎も実のところ思っていたが、実際に伊助の口からそんな言葉が出ると、本当に大勢の娘たちが日《ひ》の本《もと》の外に連れ去られているのではないかという気になってくる。

「公儀によって異国との通商や往来はかたく禁じられているけれど、その法度《はっと》を犯してまで、賊どもは異国に娘たちを連れ去っていると いうのかい……」

「人さらい自体がすでに法度を犯していますから、さらに罪を重ねたところで、賊どもにとっては、どうでもよいことかもしれやせん」

忌々しげに珠吉が言葉を吐いた。

「さらわれた娘たちが本当に南蛮に運ばれてしまうんだったら、こいつは容易ならざる事態だね」

「ええ、まったくです」

真剣な顔で珠吉がうなずいた。

「ですから旦那、今回は娘たちが江戸から連れ出される前に、なんとしても救い出さなければなりませんぜ」

「もちろんそのつもりだよ」

決意を新たにした富士太郎は、大きく首を縦に動かした。

「まだ人さらいの仕業だとも、おさちたちが南蛮に運ばれていくとも、決まったわけじゃないけど……」

軽く息を入れて富士太郎は言葉を切った。

「もし人さらいの仕業だとしたら、そいつらが船を使うのはまちがいないだろうね」

「ええ、さようで」

すぐに珠吉が難しい顔になった。

「七年前も今と変わらず江戸湊《えどみなと》にはおびただしい船が停泊していたんですが、あっしらは怪しいと思える船に乗り込んでは、徹底して調べたんですよ。しかし悔しいことに、娘たちを乗せた船は見つかりませんでした」

無念そうに珠吉が首を横に振った。

「そうだったのかい。江戸湊に入る船すべてを調べられるわけもないし、沖に出られたらお手上げだものね」

顎に手を当て、富士太郎は考え込んだ。

「娘たちを船で運んでいくとして、江戸からいきなり南蛮へは連れていけないよね。南蛮の船と、どこかで落ち合うのかな」

「きっとどこかの沖なんでしょうね」

珠吉、と富士太郎は苦い顔をしている中間を呼んだ。

「七年前、品川《しながわ》や浦賀《うらが》の湊は調べたのかい」

「品川は町奉行所が調べました。もちろん、あっしも探索には加わりやしたよ」

「浦賀のほうは、どうしたんだい」

「浦賀には船番所《ふなばんしょ》がありますから、そちらのお役人が調べたと聞いております。結局、なにも出なかったようですが……」

「そうかい。そいつは残念だったね」

ふむ、と富士太郎は鼻から息を吐いた。

「ところで、沢木屋はまだかな」

「ああ、そちらですね。看板が出ていますよ」

「暖簾がかかっているから、店は開いているようだね」

富士太郎は、どこかひっそりと活気のない店の前に立った。暖簾を払って訪いを入れる。

「あっ、なにかわかりましたか」

いきなり店座敷で仕事をしていた男が立ち上がり、富士太郎に向かって小走りに近寄ってきた。店座敷に端座し、辞儀する。

「いや、なにもわかっちゃいないんだ。店の者に話を聞きに来たんだよ。おまえさん、ここの主人かい」

「はい、さようにございます。柱太郎《ちゅうたろう》と申します」

「姉妹が行方知れずになったそうだね」

すぐに富士太郎は水を向けた。

「はい、さようで。十日前のことですが、浅草のほうで縁日《えんにち》がありました。おつる、おまつは二人でいそいそと出かけたのですが、それきり戻っておりません」

「二人がかどわかされるところを見た人はいなかったのかい」

「おりませんでした」

ため息とともに柱太郎が答えた。

「縁日があったのは東本願寺《ひがしほんがんじ》の近くで、干店《ほしみせ》やら屋台やらたくさん出て、大勢の人もやってきて、とても賑《にぎ》やかなんです。おつるやおまつがかどわかされたとしても、気にする人はほとんどいなかったのではないでしょうか」

縁日に来る娘を狙ってかどわかしたのかもしれないね、と富士太郎は思った。柱太郎のいうように、騒々しい人込みの中では多少のことがあっても、あまり気に留める人はいないだろう。

東本願寺のそばには新堀川《しんぼりがわ》が流れている。賊どもは娘たちを気絶させ、介抱するような振りをして連れ去り、新堀川で待つ舟に乗せたのではないか。それからどこかで、娘を三十人ほど閉じ込めておける、そこそこ大きな船に乗せ替えたのではないか。

——ならば、今もその船の中におさちとおきよはいるかもしれないよ。

きっとそうだ、と富士太郎は思った。

「おいらががんばって、おつるとおまつの二人をなんとしても取り戻すようにするよ」

強い口調で富士太郎は柱太郎に伝えた。

「どうか、お願いいたします」

柱太郎が畳に額をすりつけた。ではこれで、と富士太郎は沢木屋を出た。

外で珠吉と伊助が待っていた。二人とも、暖簾越しに富士太郎と柱太郎のやりとりを聞いていたようだ。

富士太郎は自らの考えを二人に告げた。

「よし、これから船着場《ふなつきば》などを調べてみることにしよう。けっこう大きな船が碇《いかり》を下ろせる場所は、この近くでもかなりありそうだね」

「さいですね。では旦那、さっそく船着場に行きますかい」

「いや、まずは、廻船《かいせん》問屋を巡ってみることにしよう。船のことで、いろいろ詳しい話を聞けそうだからね」

「わかりやした。そういたしましょう」

この界隈も富士太郎の縄張外だが、上役の荒俣土岐之助《ときのすけ》から、探索のためなら縄張を越えても構わぬ、と許しを得ていた。

富士太郎たちは、近くの廻船問屋を当たりはじめた。

廻船問屋だけでなく、大川沿いで目についた船頭たちにも話を聞いていった。

船頭たちも、なにか怪しげな船を見ているかもしれないからだ。

日暮れがだいぶ近くなった頃、富士太郎たちは本芝《ほんしば》のほうまで来ていた。

そこで一人の年若い漁師から、耳寄りな話を聞いた。夜、漁師は船で篝火《かがりび》を焚《た》いて漁《いさ》り火《び》とし、やりいかを狙っていたらしいのだが、そのとき近くを小舟が通りかかったという。その小舟から、女の悲鳴らしきものが聞こえたというのだ。

「いつごろのことだい」

「十日ほど前でしたか」

「その舟はどっちへ向かっていったんだい」

勢い込んで富士太郎は漁師にきいた。

「西へ向かっていきました」

――ならば、やはり品川あたりが怪しいのだろうか……。

「その舟には船頭はいたのかい」

「ええ、おりました。櫓《ろ》を漕《こ》いでいましたよ」

「人相は覚えているかい」

「いえ、さすがにそこまでは……」

済まなそうな顔で漁師が答えた。

「なにしろ暗かったものですから」

「そうだろうね」

富士太郎は漁師に礼を述べ、実際に品川まで足を運んだ。

富士太郎たちは何軒もの廻船問屋や十人近くの漁師に聞き込んでみたが、これといった手がかりは得られないまま、日が暮れていった。

第三章

一

　二人の男に引きずり出され、高山義之介は茣蓙《ござ》の上に無理矢理、座らされた。両側から肩をがっちりとつかまれ、上から強く押さえ込まれる。

　目の前には、四尺四方ほどの穴が穿《うが》たれている。これはなんだ、と義之介はまじまじと見た。

　血溜《ちだ》まり穴《あな》と呼ばれるものだと気づいた。

　ここは、町奉行所内にある仕置場《しおきば》だろう。血溜まり穴とは、切られた首を受け止め、胴体から噴き出す血が地面を穢《けが》さないようにするためのものだ。

　――なにゆえ俺は仕置場にいるのか。

　答えは一つしかない。

江戸を荒らし回った盗賊の猿の儀介として、町奉行所の捕手《とりて》に捕縛されたのだ。

——こんなところで死にたくない……。

もがこうとしたが、両側から押さえつける男たちの力があまりに強く、義之介は身動きがとれなかった。

穴の向こうに、役人とおぼしき侍が床几《しようぎ》に座っており、さっと顎をしゃくった。それに応じるように、背後から義之介の顔に目隠しの布が巻かれた。

なにも見えなくなり、さらなる恐怖に駆られたが、今さらじたばたしても仕方がないと義之介は気づいた。もう肚をくくるしかない。

両肩を押さえつける男たちの力がさらに強くなり、義之介は穴に向かって首を差し出す恰好になった。

義之介の横に人が立ったのが、気配から知れた。首斬り人だろう。

義之介が覚悟を決めたのを知ったか、肩を押さえていた二人が後ろに下がった。すっぱりやってもらうほうが苦しむこともなかろう、と義之介は首を前に伸ばした。

ひゅん、と風を切る音が耳を打った。次の瞬間、おのれの首が穴に落ちていったのを、義之介は確かに見た。

悲鳴を上げて飛び起きた。

――ああ、夢であったか……。

ずいぶんはっきりした夢だった。

義之介は首筋に浮かんだ粘つく汗を、手のひらでぬぐった。枕元の行灯の明かりが揺れている。以前は、行灯を消して寝ていたが、今はつけたままでないと不安で眠れなくなってしまった。

「殿、どうかされましたか」

襖越しに声がかかった。今夜の宿直《とのい》で、義之介の近習《きんじゅ》を務めている今中乾二郎《いまなかかんじろう》である。

「なにやら、お声を上げられたようでございますが……」

ふっ、と息をつき、義之介は苦笑した。

「なに、大したことはない。ただの寝言に過ぎぬ」

「殿、襖を開けてもよろしゅうございますか」

義之介のことが案じられてならないらしく、乾二郎は引き下がらなかった。

「うむ、かまわぬ。開けるがよい」

失礼いたします、と声がした直後、襖がするすると横に滑《すべ》った。廊下に端座する乾二郎が顔をのぞかせ、頭を下げる。

「殿、いかがなされました」

乾二郎が心配そうな眼差しを向けてくる。

「実はな、悪い夢を見た」

「さようにございましたか……」

乾二郎が気の毒そうにうつむいた。

「殿、お体の具合が悪いのではございませぬか」

そんなことをきかれるとは、と義之介は思った。よほど顔色がよくないのであろう。

「いや、なんともない。健やかなものだ」

力強い声で義之介は答えた。

「それならよいのでございますが……」

「乾二郎、いま何刻だ」

義之介は話題を変えるようにきいた。はっ、と乾二郎がかしこまる。

「じき七つになる頃おいかと存じます」

「七つか……。わかった。もう一眠りする」

実際、まだ眠り足りなかった。まぶたが少し重い。

「畏《かしこ》まりました」

乾二郎が一礼し、襖が音もなく閉じられる。枕に頭を預け、義之介は目を瞑《つぶ》った。

行灯の明かりが少しまぶしく感じられたが、今はこのほうがありがたい。弟の角之介の死が、やはりこたえている。

角之介は、この部屋で喉を突いて自害してのけたのだ。暗闇に覆われた部屋で眠ると、どうしても弟の死顔を思い出してしまう。

――ここ最近、悪夢をよく見るのは、やはり角之介の死を引きずっているからか。

眠りに落ちれば、また先ほどのような夢を見るような気がした。

猿の儀介の正体が世間に知れたら、あの世に行かねばならない。大名として死ぬことは、かなわないだろう。先ほどの夢のように、ただの盗人として仕置されるはずだ。

死にたくないな、と義之介は思った。

――いや、俺はなんとしても死ぬわけにはいかぬ。兄も亡くなり、角之介もこの世におらぬ。高山家を守れるのは、俺しかおらぬのだ。

　俺は決して捕まらぬ、と義之介は心に念じた。その自信もあった。角之介が自ら死を選び、他者にその秘密を知られる恐れがなくなったゆえではない。

　つい先日、義之介は老中の結城和泉守《ゆうきいずみのかみ》に、自分たち兄弟が猿の儀介だったと白状した。もし捕縛されるとしたら、とうに大目付《おおめつけ》の捕手がこの屋敷に踏み込んでいなければおかしい。

　――つまり和泉守さまは、俺を裏切らなかったということだ……。

　兄の堂之介が死んで高山家の当主となるまで、部屋住《へやずみ》だった義之介は弟の角之介とともに義賊《ぎぞく》の猿の儀介として盛んに盗みをはたらいていた。

　今、高山家の領地がある出羽笹高では飢饉が起こり、疫癘《えきれい》が流行している。窮状にある笹高の地を救うためには、なんとしても大金が必要だったのだ。

　それだけではない。高山家の御用商人で笹高に本店を置く茂上屋《もがみや》が、江戸湊の入口で千石船を沈められたことで、その代わりになる船の建造代も用意してやらなければならない。茂上屋には、なにかにつけずいぶん世話になってきたのだ。

　もしこれまで茂上屋が金を用立ててくれなかったら、高山家はとうに潰れていた。その恩に報いるのは、今しかない。

──そのために俺は猿の儀介として、また盗みをはたらかなければならぬ。それまで、捕まるわけにはいかない。なんとしても、生き延びねばならぬ。

そんなことを考えているうちに、義之介はうとうとした。

ふと、鐘の音が聞こえてきていることに気づき、ゆっくりと目を開けた。あれは明け六つの鐘ではないか。一刻ほどは眠ったのだ。

眠気はさほど感じない。義之介は布団の上に起き上がった。体が重く感じられる。

──そういえば、今日は結城和泉守さまの屋敷に行かねばならぬのだったな。

なにか内々の話があるとのことだ。むろん、どんな話か、すでに義之介には見当がついている。

──老中首座堀江信濃守を追い落とすための談合であろう……。

結城和泉守から、面会の刻限は朝の五つと指定されている。老中は、四つに千代田城に出仕する。結城和泉守はその前に義之介と密談するつもりでいるようだ。

約束の刻限まで、もう一刻しかない。急ぐほうがよい、と判断した義之介は体に力を込め、さっと立ち上がった。寒い朝で、寝所内も冷え込んでおり、ぶるりと身震いが出た。

朝餉をとって着替えをし、支度を終えた。刻限としては、ちょうどよいのではないか。玄関前に置かれた駕籠に乗り込む。

供頭《ともがしら》を務める田《た》ノ上陸作《うえりくさく》が、出立っ、と声を上げると、駕籠が浮き、しずしずと動き出した。供は二十人ほどである。

以前、角之介が義之介の行列を襲うのが予期されたとき、その頃は下屋敷の用人だった陸作の言を用い、義之介は八十人の供を率いて千代田城を目指した。角之介は行列を襲撃してきたが、陸作の奮戦によって義之介はなんとか難を逃れた。

――いま思えば、角之介は、本気で俺を殺す気などなかったのではあるまいか。

いくら陸作がそこそこの遣い手だといっても、凄腕の角之介がその気になれば、相手になるはずがなかった。町方同心が助勢してくれたともいうが、角之介自身、陸作を殺したくはなく、手加減したのではないか。

きっとそうだったのだ、と義之介は確信を抱いた。

五つ前に、結城和泉守の役宅に到着した。開いている門を入り、玄関に向かう。

玄関から屋敷内に入った義之介は、結城家の用人の案内で、客間に通された。部屋には二つの火鉢が置かれ、穏やかな暖かさをじんわりと放っていた。

待つほどもなく結城和泉守がやってきて、義之介の向かいに座した。義之介は丁寧に挨拶した。

「高山どの、少し顔色が悪いようだが、よく眠れたかな」

「いえ、実は……」

「眠れなんだか」

はっ、と義之介は低頭した。

「悪夢を見ました」

どんな夢だったか、義之介は説明した。

「猿の儀介として、首を刎《は》ねられる夢か。それは辛いの」

「はい、冷や汗が出ましてございます」

「それでも、夢でよかったと考えるべきであろう。もっとも、そなたが捕まるなど、決してあり得ぬ。大船に乗ったつもりで、ゆったりと構えておればよい」

「はっ、かたじけのうございます」

義之介は両手を畳に揃えた。

「それで高山どの、もう見当がついているかもしれぬが――」

言葉を切り、結城和泉守が義之介をじっと見た。本題に入ることを義之介は覚った。

「そなたに来てもらったのは、浅草御蔵普請の一件を伝えたかったゆえだ」

堀江信濃守は、高山家をはじめとした何家かの大名に、爆破で潰された浅草御蔵の再築を命じるつもりでいた。

その御用を回避するために、義之介の兄堂之介は自ら死を選んだのだ。当主が死んだばかりの家には、公儀も御用普請を命じることはあるまいと踏んで。

「和泉守さま、もしや御蔵普請の取《と》り捌《さば》きが決定いたしましたか」

身を乗り出して義之介が問うと、結城和泉守が無念そうにため息をつき、うむ、と首を上下させた。

「堀江信濃守は、高山家に御用普請を命じると決めたようだ」

――なんだと。

義之介は腰を浮かしそうになった。

「ま、まことでございますか」

「残念ながらまことのことだ。普請にかかる費《つい》えは、大名家一家につき一万両」

「……」

なんと、と義之介はうめき声を上げそうになった。

――兄上は無駄死にだったというのか。

義之介はいいようのない憤《いきどお》りを覚えた。怒りがたぎり、血が全身から噴き出しそうだ。

――堀江信濃守め。この手で、殺してやりたい。

いや、堂之介の無念を晴らすために、そうしなければならない。

――俺は兄上の仇討《あだうち》をせねばならぬ。

「高山どの、短慮《たんりょ》を起こしてはならぬぞ」

義之介の表情から心を読んだか、厳しい顔つきで結城和泉守が釘《くぎ》を刺してきた。

「し、しかし……」

おのれの顔がゆがんだのが、義之介にははっきりとわかった。

「そなたの気持ちはよくわかる」

労《いた》わるような口調で結城和泉守が語りかけてくる。

「だが、今はなんとしても耐えねばならぬ。今は我慢のときだ。そなたは御用普請の件で、明日にも堀江信濃守に呼ばれることになろう。そのときに殺そうなどと思うてはならぬぞ。高山どの、承知か」

堀江信濃守に呼ばれるなら、と義之介は思った。仇討の絶好の機会ではないか。

「そなたが城中で堀江信濃守を斬ろうとすれば殺《や》れるかもしれぬ。しかし、あの男の命と引き替えに高山家はお取り潰しとなり、そなたも死ぬことになる。大勢の家臣が路頭に迷うことになるのだぞ」

確かにその通りだ、と義之介は少し冷静さを取り戻した。

「高山どの」

厳《おごそ》かな声で結城和泉守が呼びかけてきた。

「わしには、堀江信濃守を追い落とす策がある。どうだ、まずはその策を聞いてくれぬか」

諭すようにいわれて、義之介は居住まいを正した。

──俺は、これを聞くためにここまで来たのだ。

「もちろんでございます。どうか、お聞かせください」

「では高山どの、近《ちこ》う寄ってくれるか」

承知しました、と答えて義之介は膝行した。首を前に伸ばした結城和泉守が、義之介に顔を近づけてくる。

全身を耳にするかのような気持ちで、義之介は結城和泉守の言葉に聞き入った。

二

四つの鐘が鳴りはじめた。

伊丹宮三郎《いたみみやさぶろう》は空を見上げた。日はだいぶ高くなってきたが、寒さは一向《いっこう》に緩まない。

大気はひんやりとしており、特に足の裏が冷たい。足袋《たび》を履けば、またちがうのだろうが、金がもったいない。それに暦の上ではすでに春だ。もう少し我慢すれば暖かくなるはずだ。

――よし、行くか。

鐘の音を耳にした宮三郎は腹を決めた。四半刻ほど前に岩田屋のすぐそばまで来ていたのだが、またあの凄腕の用心棒に見つかるのではないかと警戒して、それ以上近づけずにいた。

だが、いつまでもぐずぐずしているわけにはいかない。意を決して足を踏み出した宮三郎は、あたりに目を配りながら岩田屋の脇にある路地に入った。岩田屋の裏に回り、塀に設けられた木戸越しに中の様子をうかがう。

とうに店は開いており、客も来はじめているようだが、裏手は意外に静かなものだ。米問屋らしい喧噪《けんそう》など、ほとんど感じられない。

凄腕の用心棒の気配も覚えない。もしや、あの男はあるじの供で出かけているのか。

いや、そんなことはあるまい。あの用心棒はきっと店にいる。ただ、気配を消しているだけかもしれない。

――さて、どうするか。

腕組みをして宮三郎は思案した。

――河合《かわい》のやつ、無事でいるのだろうか。蔵にでも閉じ込められているのではないか。あの鬼のような用心棒に、責めを受けていなければよいが……。

思い切って木戸を開けて中に入ってみるか。

――もし河合がここに捕らえられているのなら、すぐに助け出さねばならぬ。

よし、と意を決して宮三郎は木戸を押した。閂《かんぬき》がかかっているらしく、きしむだけで、開かなかった。

――くそう、駄目か……。

どうすればよいだろうか、と宮三郎は再度、考えた。この塀を越えるか。低いとはいえないが、乗り越えられない高さではない。

それがよい、と宮三郎が決断しかけたとき、不意に木戸が開いた。うわっ、と宮三郎は声を上げて後ろに下がった。

姿を見せたのは、一見してやくざ者とわかる男だった。それも一人ではなく、背後に手下を四人も引き連れていた。

泡を食った宮三郎は背中を見せて逃げようとしたが、襟首《えりくび》をがしっとつかまれ、動きを止められた。

「く、苦しい」

首に腕をまわされて締め上げられ、息ができない。

「てめえ、この家の様子をうかがっていやがったな」

ぐいっと引き戻されると同時に投げ飛ばされ、息が通るようになったが、途端に咳《せ》き込んだ。

咳が止まり、気づくと、周りをやくざ者に囲まれていた。

「てめえだな、このあいだ岩田屋さんの様子をうかがっていた浪人てのは」

三十過ぎと思える男がすごんできた。ひどい悪相をしているな、と男をまじまじと見てしまうくらい、宮三郎は冷静だった。岩田屋はこんな連中を飼っているのだ。悪評が高いわけだ、と納得した。

「てめえ、お嬢さんをかどわかしやがったな」

若いやくざ者がすごむ。

「かどわかしたって、いったいなんのことだ」

正直、宮三郎にはわけがわからない。

「おい、とぼける気か」

「とぼけてなどおらぬ」

「こっちへ来い。ちと話をしようじゃねえか」

宮三郎は五人のやくざ者に引っ立てられるようにして、岩田屋の敷地に連れ込まれた。

井戸のそばで、再び五人に取り囲まれる。あっと思ったときには、刀を鞘ごと抜き取られていた。人相の悪い男たちににらまれて、まさか、殺す気か、と宮三郎は怯んだ。

――いや、こいつらも人だ。話せばわかってもらえる。

「おい、お嬢さんをどこにやりやがった」

若いやくざ者が、語気をさらに強くしてきいてきた。宮三郎は相変わらずこの男がなにをいっているのか、わからなかった。

「どこにやったって、なんのことだ」

宮三郎は若い男に質した。

「てめえらがお嬢さんをかどわかしたんだろうが。岩田屋さんから、身代《みのしろ》をぶんどるつもりだろ」

「いったいなにをいっておるのだ。俺がそんなことをするわけがない」

両肩を張って宮三郎は抗弁《こうべん》した。

「しらを切るんじゃねえ」

いきなり、がつっ、と鈍い音がし、目から火花が散った。頬が痛い。宮三郎は男に殴られたのを知った。

「な、なにをする」

怒りに目がくらみ、宮三郎は腰に手をやったが、そこに刀はなかった。

「悪いことはいわねえ、さっさと白状しな」

「ま、待て。まことに岩田屋の娘がかどわかされたのか」

「そうだ。てめえらがかどわかしたんだろ」

「ちがうといっておろう。なにゆえ我らがそんな真似をしなければならぬ」

「金目当てに決まってらあ。おい、さっさと吐きやがれ」

また頬を殴られた。頭に血が上り、宮三郎は殴り返そうとしたが、その前に腹を蹴られた。げふっ、と変な声が口から漏れた途端、また息ができなくなった。

「吐きやがれ」

顎を拳で打たれた。がくん、と膝が割れ、宮三郎は地面に倒れそうになったが、なんとかこらえた。

「なにを騒いでおるのだ」

この場に不釣り合いな涼《すず》やかな声がし、見ると、姿を見せたのは、あの凄腕の用心棒だった。

「あっ、湯瀬さま」

五人のやくざ者が一斉《いっせい》にかしこまる。岩田屋の用心棒は湯瀬というのか、と宮三郎は思った。

「こいつを捕まえたんですよ」

歳のいった男が宮三郎を、湯瀬の前に引き出した。

「この男は――」

湯瀬が宮三郎に目を据える。

「一昨日、店の様子をうかがっていた三人のうちの一人じゃありやせんかい」

「その通りだ」

「今も裏口から、中の様子をうかがっていたんですよ」

「そこを捕まえたのか」

「へい」

「その男に聞きたいことがある。かまわぬか」

「もちろんですよ」

歳のいった男が素直に応ずる。

「では、台所に連れてきてくれ」

「わかりやした。――ほら、行くぞ」

両側からやくざ者に腕を取られ、宮三郎は歩かされた。

「ここに座ってくれ」

台所の式台に座した湯瀬が隣を指で叩いてみせた。仕方なく宮三郎はいわれた通りにした。鷹の前の雉《きじ》とは、と思った。まさにこういうさまをいうのであろう。

まるで縄で雁字搦《がんじがら》めにされたようで息苦しかった。この状態では、逃げようという気すら起きない。

いや、実はそうでもなかった。今でも隙あらば、逃げようと思っている。

だが、もし逃げる素振りを見せたら、背中をばっさりとやられるのではないか。湯瀬という用心棒にはそんな恐ろしさがある。

「五郎蔵、おぬしらは外に出ていてくれぬか」

「へい、わかりやした」

小腰をかがめ、やくざ者がぞろぞろと台所を出ていった。それを見て、宮三郎はほっと息をついた。

宮三郎を見つめ、湯瀬が口を開く。

「さっき五郎蔵もいっていたが、このあいだおぬしは表の路地で、他の二人とこの店の様子をうかがっていたな」

湯瀬が低い声で質してきた。宮三郎はごくりと唾を飲んだ。

「あ、ああ、その通りだ」

「なにゆえあのような真似をした」

湯瀬からは強い気が放たれている。決して嘘は許さぬという断固たる思いが、その表情に深く刻まれていた。

「あれは——」

「その前によいか。おぬし、名はなんという」

湯瀬にきかれ、覚悟を決めた宮三郎は正直に名乗った。

「伊丹宮三郎どのか。俺は湯瀬直之進という」

直之進という名だったのか、と宮三郎は思った。虎之助《とらのすけ》とか熊十郎《くまじゅうろう》とか、もっと恐ろしげな名ではないかと、勝手に想像していた。

「きくが、おぬしたちが岩田屋の娘をかどわかしたのか」

「さっきのやくざ者もいっていたが、こちらの娘御がかどわかされたのか」

「おぬし、知らなんだか」

湯瀬が意外そうにきいてくる。

「もちろん初耳だ。しかし、なにゆえ我らが、あの優しい娘御をかどわかさなければならぬ」

「金目当てではないのか」

「我らが、そのようなあくどい真似をすると思うか」

「思うか、といわれれば、思うとしかいいようがないな。なにしろおぬしらは、商物《あきないもの》である米に難癖をつけて、岩田屋から金を強請ろうとしたではないか」

「ああ、そうであったな」

宮三郎はこうべを垂れた。

「あれはまことに申し訳ないことをした。今は悔いておる。こちらの娘御に握り飯をいただいたことで、この世にはあんなに優しいおなごがおると知り、あれから我らは改心した」

「改心だと。まことか」

湯瀬が疑り深そうな目を向けてくる。

「まことだ。わしは嘘をつかぬ」

必死の面持ちで宮三郎はいった。

「だったら、なにゆえ裏口から岩田屋の様子をうかがっていた」

「それは……」

湯瀬を見返して宮三郎はつぶやいた。

「河合綱兵衛《こうべえ》という我らの仲間が、ふつりと姿を消したのだ。河合はこちらの娘御に懸想していた。それが悪評高い岩田屋のあるじに知れて、おぬしにでも捕らえられて痛めつけられているのではないかと思うたのだ。それで一昨日、我らは岩田屋の様子をうかがっていた」

「河合という男が行方知れずだと」

湯瀬が瞳をきらりと光らせた。そうだ、と宮三郎は首を縦に振った。

「我らは、河合の行方を捜しておるのだ。実に気のいい男で、いったいどうしたのかと案じておる」

「河合はいついなくなった」

「はっきりとはわからぬが、四日前にはいなくなっていた。その日の夜、四人で集まって一杯やることになっていたのに、河合だけが姿を見せなかった」

「その日、河合はなにをしていた」

「それも知らぬ」

かぶりを振って宮三郎は答えた。

「我らは、常に一緒におるわけではないからな。ただし、河合がこの店の娘に惚れていたのは確かだ」

「河合がおさちに惚れるのも無理はない。とてもよい娘だからな」

「あの優しい娘御は、おさちどのというのか。よい名だな」

「河合は、おさちをつけ回したりしていなかったか」

「そこまでは知らぬが、河合の惚れっぷりは相当なものだった。ゆえに、そんなことをしていたやもしれぬ」

そうか、と湯瀬がうなずいた。

「町奉行所の同心に聞いたのだが、おさちがかどわかされた日の夕刻、あとをつけていた浪人がいたらしい」

「それが河合だというのか」

「おそらくそうだろう。同心が持っていた人相書を見せてもらったが、おぬしの仲間のうちの一人だった」

宮三郎に目を当てて湯瀬が肯定する。

「もしかすると、河合はおさちとともにかどわかされたのかもしれぬな」

「なんだって」

考えてもいなかったことをいわれ、宮三郎は瞠目した。

「おさちをかどわかした者が、河合も連れ去ったのかもしれぬ」

なんと、と宮三郎の口から声が漏れ出た。驚きがあまりに強く、知らないうちに式台から尻を上げていた。

落ち着けというように、湯瀬が宮三郎の肩を軽く叩く。

「惚れた娘がかどわかされそうになったら、河合は黙って見過ごすような男ではなかろう」

「ああ、まちがいなく河合なら娘を救おうとするはずだ」

「男たる者、そうでなければならぬな」

湯瀬が実感のこもった言い方をした。

「だが湯瀬どの、娘御をかどわかそうという者だ。助けに入った河合をわざわざ連れ去るより、その場で殺してしまったほうが手っ取り早くはないか」

最悪の図が宮三郎の頭に広がっている。

「それはあるまい」

即座に湯瀬が否定する。

「おさちがかどわかされたのは夕刻だ。もし町中で殺したりしたら、誰かに見られて騒ぎが大きくなる。それに、娘を連れ去るだけで、殺しはやらぬ者かもしれぬしな。骸《むくろ》も見つかっておらぬようだし、やはり河合も一緒に連れ去られたと考えるほうがよいのではないかと思う」

「ということは、まだ生きておるのだな」

「俺はそう思う」

生きていてくれ、と宮三郎は祈った。賊は人目に触れる場所では殺さず、どこか人けのないところで始末したかもしれないが、河合はたやすくたばるような男ではない。宮三郎は希望を持つことにした。

「ところで、いったい誰がおさちどのと河合をかどわしたのだ」

新たな問いを宮三郎は湯瀬にぶつけた。

「まだわからぬ」

「人さらいを生業とする者か」

「……そうかもしれぬ」

むっ、と宮三郎は湯瀬を見直した。

「湯瀬どのは、すでに賊の見当がついているのではないか」

顔を上げ、湯瀬が宮三郎に強い眼差しを注いできた。

「なにゆえそう思う」

「人さらいを生業とする者か、とわしがたずねたとき、答えるのが少し遅れた。それは、なにか心当たりがあるからではないか」

「ほう、なかなか鋭いな」

湯瀬が苦笑を漏らす。そうやって笑うと、実に優しげな顔になった。

これがこの男が持つ生来の顔なのかもしれぬな、と宮三郎は思った。

「湯瀬どのの頭にあるのは誰だ」

たたみかけるように宮三郎はきいた。

「まだその男が下手人だと決まったわけではない。俺が怪しいと思っているだけだ」

「なにゆえその男が怪しいと考えた」

「そこまでおぬしに話す気はない」

厳しい眼差しを宮三郎に注いで、湯瀬が口を閉ざした。

「湯瀬どの、わしも力になりたいのだ」

宮三郎は勢いよく顔を突き出した。

「河合を救い出したいし、なにより、おさちどののことも心配だ」

「いや、それはやめておけ」

冷静な口調で湯瀬が制してきた。

「なにゆえ」

「おぬしの腕では無理だからだ。おぬしと河合の腕はほぼ互角と見た。その河合が賊にあっさり連れ去られておる。ゆえに、おぬしの腕前では、残念ながら役に立たぬ」

うっ、と宮三郎は言葉に詰まった。五人のやくざ者にあっさりと捕らえられたのは事実だ。確かに役に立たないかもしれない。おそらく、湯瀬くらいの腕がなければ、駄目なのだろう。

ところで、と湯瀬がいった。

「残る二人の仲間はどうした」

「知らぬ」

宮三郎は首を左右に振った。

「さっきも申したが、我らは常に一緒におるわけではない。あとの二人は食《く》い扶《ぶ》持《ち》を得るため、日傭取《ひようとり》でもしているのではなかろうか」

「おぬしは稼がなくてもいいのか」

「まだ数日は暮らせる金がある。今はおさちどのと河合のことの方が心配だ」

「おさちも河合も、必ず無事に取り戻す。そのためには、俺は力を惜しまぬつもりだ」

決意を露わにした湯瀬が宮三郎に告げた。

三

朝の五つをとうに過ぎ、太陽は高くなりつつあるが、厳しい寒さは滞《とどこお》ったままだ。

それでも、体が少しずつ温まってきたのは、炊き出しのために、早朝からずっと動き続けているゆえだ。

いったん手を止め、佐之助は首筋の汗を手ぬぐいで拭いた。手ぬぐいを袖に落とし込んで、上野と思える方角へ目を投げる。

——湯瀬は今頃なにをしているのか。

岩田屋に、なにか動きがあっただろうか。岩田屋の一人娘のおさちが、もし本当に何者かにかどわかされたのなら、賊と身代のやりとりが行われるはずだ。そこで岩田屋の力になれるよう、湯瀬は雇われたが、佐之助も店へ行きたくてならない。

しかし行ったところで、と佐之助は思った。できることはあまりないかもしれぬ。

秀士館の炊き出しにやってくる町人たちは、日を追うごとにその数が減ってきている。これは、新たな住処を得て、暮らしを立て直しはじめた者が増えてきた証だ。

この炊き出しも近いうちに終わり、再建が進みつつある秀士館も、以前のような活気を取り戻すはずだ。今も、あちこちから軽快な槌音《つちおと》が聞こえてきている。

四半刻後、朝の炊き出しが一段落し、喉の渇きを覚えた佐之助は、水を飲みに井戸へ向かった。そのとき大きく開いた門のところで所在《しょざい》なげに立っている二人の男に気づいた。客のようだ。

いつも門のところに詰めている二人の門番は、今は炊き出しの片づけに追われているのだろう。

佐之助は、門に向かって小走りに近づいていった。二人の身なりから商人のように思えた。

佐之助を見て、二人が丁寧に辞儀してくる。

「なにか用か」

門のところで立ち止まり、佐之助は二人に質した。

「あなたさまは、秀士館に勤仕《きんし》されているお方でございますか」

年齢からして手代ではないかと思える男が佐之助に問う。

「そうだ。俺は、剣術道場の師範代を務めておる」

「剣術道場の……。さようにございますか」

男がほっとしたような顔になる。

「館長の佐賀大左衛門さまにお目にかかりたいのですが、どちらにまいればよろしいのでございましょうか」

「館長に用があるのか。名乗ってもらってもよいか」

一昨日の夜明け頃、湯瀬が襲われたことが頭にあり、この二人が剣を遣えるような者でないのはとうに見抜いているが、どうしても用心が先に立つ。

「手前どもは因州屋《いんしゅうや》という店の者でございます。こちらがあるじの鳥羽蔵《とばぞう》、手前は手代の純之助《じゅんのすけ》と申します」

「因州屋か……」

聞いたことがない。

「なにを商っている店だ」

「材木でございます」

材木問屋だったか、と佐之助は思った。

「店はどこにある」

「深川《ふかがわ》の木場《きば》でございます」

材木問屋のほとんどが木場に集まっていることは、江戸の誰もが知っている。

「因州屋は大店か」

さようにございますね、と前置きするように純之助がいった。

「びっくりするほど大きな店ではございませんが、まずまず大きいほうだと存じます。奉公人が四十人ほどおりますので」

四十人とは、なかなかの店といってよいのではないか。

「それで、材木問屋の因州屋が館長にどんな用だ」

今も進んでいる秀士館の再建に関して、なにか相談事があるのだろうか。

あの、と純之助が声を落とす。

「実は内々のお話でございまして、用件については、佐賀さまとのみ、お話ししたいのでございます」

「ほう、内々の話か……」

なんとなくだが、佐之助はこの二人に胡散臭《うさんくさ》さを覚えた。大左衛門との話は、秀士館の再建に関してではないようだ。もしそうであるなら、ここではっきりと用件を告げるだろう。

「館長は、今日おぬしらが来ることを知っているのか」

「はい、ご存じでございます。今日の四つということで、お約束をしてありますので」

約束があるのか、と佐之助は思った。振り返り、大左衛門が暮らしている掘っ立て小屋も同然の建物を眺《なが》めた。

出かけたとも聞かないから、大左衛門は今あの建物にいるのだろう。

佐之助は顔を戻し、目の前の二人を見つめた。身なりはきちんとしており、いかにも練達の商人という感じを醸《かも》している。それにもかかわらず、この胡散臭さはどこからくるのだろう。

目つきだろうか、と佐之助は考えた。二人とも、鋭い光を瞳の奥に宿している。──しかし本物の商人にも、この手の目つきをしている者はいくらでもいるな。珍しくはない……。

「四つまで、あと四半刻はあるが……」

佐之助は二人に声をぶつけた。はい、と純之助が小腰をかがめる。

「なにがあるかわかりませんので、手前どもは四半刻前には必ずお客さまのところにまいるように、常に心がけております」

「それはよいことだな」

佐之助は微笑してみせたが、おのれの目が笑っていないことは自覚していた。

「では、ちとここで待ってくれるか。おぬしらが来たことを、館長に伝えてくるゆえ」

「ありがとうございます。ご足労《そくろう》をおかけいたします」

二人が慇懃《いんぎん》に頭を下げてきた。佐之助は足早に歩き出した。大左衛門の住処に近づいていくうちに、小気味よい槌音が大きくなってきた。

大左衛門の家の再建もはじまっており、数人の大工が金槌や鋸《のこぎり》を使い、脇目も振らずに働いていた。あたりに、木の強い香りが漂っていた。

「館長、おられるか」

戸口に立ち、佐之助は訪いを入れた。

「はい、おりますよ。その声は倉田師範代でござるな」

戸が開き、大左衛門が顔を見せた。

「どうされたかな。まさか倉田師範代まで、岩田屋さんに行きたいとおっしゃるのではなかろうな」

大左衛門にいわれて、佐之助は苦笑した。

「その気がないわけではないが、今は行くつもりはない」

大左衛門が案じ顔になる。

「湯瀬師範代は一人で大丈夫ですかな。倉田師範代が一緒なら心強いと思うのだが……」

「もし助けが要るなら、湯瀬は遠慮せずに俺を呼ぶはずだ」

「ああ、さようでござろうな。それで倉田師範代、どうされたのかな」

佐之助は、因州屋のあるじの鳥羽蔵と手代の純之助が来たことを大左衛門に告げた。

「因州屋さんが……」

大左衛門の頰を、翳《かげ》がよぎっていったのを佐之助は見逃さなかった。

「二人は、館長と四つに会う約束をしているといっておったが」

「うむ、確かに」

佐之助を見て大左衛門がうなずいてみせる。

「館長、会うのか」

大左衛門の眼差しが佐之助に注がれる。

「むろんそのつもりでござる。倉田師範代、申し訳ないが、二人をここにお連れ願いたい」

「よいのだな」

「もちろん」

「では、呼んでこよう」

佐之助はくるりと体を翻し、門へ向かって足を急がせた。そのとき、再び木のにおいが鼻先をかすめていった。それで、二人の胡散臭さの正体に気づいた。

——材木問屋の者だというのに、あの二人からは木のにおいが一切せぬ。

佐之助は、材木問屋の者にこれまで数えるほどしか会ったことはないが、体に染みついているのか、その者たちは皆、木のにおいをさせていた。

——木のにおいがせぬからといって、二人が偽者《にせもの》と決まったわけではないが……。

すべての材木問屋の者が、木のにおいを発しているということは、さすがにないだろう。門に戻った佐之助は、因州屋の二人を大左衛門のもとへと案内した。

二人を出迎えた大左衛門は、滅多《めった》に見せないようなかたい顔をしていた。

掘っ立て小屋も同然の建物に、大左衛門にいざなわれて二人が入っていく。

「館長」

佐之助は大左衛門を呼び止めた。

「なんですかな」

「席をともにせずともよいか」

その言葉を受けて大左衛門がにこりとする。

「心配はご無用にござる」

大左衛門もそこそこ剣は遣える。因州屋の二人は脇差も帯びていない。殺気を発しているわけではなく、まさか大左衛門を害するようなことはないだろう。

少し気にはなったものの、佐之助は大左衛門の家をあとにし、井戸で喉の渇きを癒《い》やした。かなり腹が減っていることに気づく。昼まではまだ一刻以上あり、炊き出しをはじめる刻限には少し間がある。

――外に出て、なにか腹に入れてくるか。

おそらく炊き出しの残りの握り飯くらいはあるだろうが、今は温かな蕎麦切りが食べたかった。日暮里には、鴨南蛮《かもなんばん》のおいしい蕎麦屋がある。鴨南蛮は佐之助の大好物の一つだ。

鴨南蛮を頭に思い浮かべたら、少し唾が出てきた。佐之助は門に向かった。すでに門衛《もんえい》の二人がそこに控えており、佐之助に頭を下げてきた。

「倉田師範代、お出かけですか」

門番の岩三《いわぞう》が目尻に深いしわを刻み、しわがれた声をかけてきた。

「うむ、蕎麦切りを食べてこようと思ってな」

「ああ、それはよろしゅうございますなあ。こんな寒い日に、温かな蕎麦切りはもってこいでございましょう」

「楽しみでならぬ」

会釈気味に顎を引いて佐之助は門を抜けたが、こちらに向かって足早にやってくる男に目を留めた。

――今度はあの男が来たか。

男は米田屋琢《たく》ノ介《すけ》だった。佐之助は足を止め、琢ノ介が近づいてくるのを待った。

佐之助が立っていることに気づいたようで、琢ノ介が足を速めた。

「倉田ではないか、おはよう」

手を上げて琢ノ介が立ち止まった。人のよさそうな笑みを浮かべている。

いかにも熟達の商人のような顔をしているが、以前は浪人だった。湯瀬と知り合ったのも用心棒稼業を通じてのことらしいが、実際に剣はかなり遣えた。

以前、佐之助は琢ノ介と刀を交えたことがあるが、しぶとく粘り強い戦いぶりには、かなり苦労させられたものだ。

「米田屋、よく来たな」

「ちょっと用があってな。しかし、なにゆえ倉田がここにおるのだ。門番にでもなったのか」

相変わらず冗談が好きな男だな、と佐之助は思った。

「蕎麦切りを食べに行こうとしていたところに、おぬしが来ただけだ」

「そうだったか。足を止めさせて済まなかった」

「別に構わぬ。おぬしは、誰に用があって来たのだ」

「館長にお目にかかりたいのだが、いらっしゃるか」

「いま来客中だ」

「ああ、そうなのか」

軽く息をつき、琢ノ介が残念そうにする。

「来客は長引きそうか」

「わからぬが、そうかもしれぬ」

大左衛門のかたい顔を思い出し、佐之助は琢ノ介にいった。

「米田屋、館長にどのような用事があるのだ」

「その話は、蕎麦切りを食べながらしようではないか」

「おぬしも腹が空いているのか」

「ここまで来たら、小腹が空いてきた。館長の客が帰るまで、ときも潰したいしな」

「そうか。ならば、まいろう」

佐之助は、琢ノ介と連れ立って道を歩きはじめた。

「刻限はまだ四つにもなっておらんが、目当ての蕎麦屋はやっているのか」

少し後ろを歩く琢ノ介がきいてきた。

「五つには店を開けている」

「ほう、そうか。それはありがたい店だな」

「小腹が空いたときなどは特にありがたいが、考えてみれば、明け六つから店を開けている一膳飯屋もけっこうあるぞ」

「まあ、そうだな。だが、蕎麦屋で五つに開けているという店はなかなかない。その店は蕎麦切りを朝に打つようにしているのだろう。ときがたつと、蕎麦切りは風味がなくなってうまくなくなるからな」

目当ての蕎麦屋は片丘屋《かたおかや》といい、狭い路地を入ってすぐのところにあった。こうして改めてじっくり見てみると、こぢんまりとした佇まいの建物は、かなり年季が入っている。

「おう、まことに暖簾がかかっている。よい出汁のにおいもするな」

横で琢ノ介がうきうきとした声を上げた。きしむ戸を開けて、佐之助は琢ノ介とともに店内に入った。出汁のにおいがさらに強くなり、食い気をそそる。

一階には四つの小上がりが設けられ、二階に座敷があるが、階段を上る必要はなさそうだ。今のところ客は一人もおらず、小上がりがすべて空いており、どこでも好きなところにお座りください、と小女にいわれたのだ。佐之助たちは、奥の右側の小上がりに座を占めた。

茶を持ってきてくれた小女に、佐之助は鴨南蛮を注文した。

「そいつはうまそうだな。わしは鴨肉が大の好物だ」

つぶやいて琢ノ介も同じ物を頼んだ。

「鴨南蛮をお二つですね。ありがとうございます」

辞儀して小女が厨房に注文を通しに向かう。

「それで米田屋、館長にどのような話があるのだ」

小女が離れていったのを見て、佐之助は水を向けた。

「別に館長を通さずともよいのかもしれんが」

喉が渇いていたらしく琢ノ介が、ふうふうと息を吹きかけて茶を飲んだ。

「実は、浅草御蔵の普請がもうすぐはじまるようなのだ」

「爆破された御蔵の再築か」

「そうだ。その普請のために、大勢の人足を集めなければならん」

「まあ、そうだろうな」

「それでだ――」

また琢ノ介が茶を喫した。その湯飲みが空になったのを見て、佐之助は自分の茶を琢ノ介の前に置いた。

「かたじけない。――どうせなら、先の大火で焼け出された者たちに、人足仕事を紹介しようと思い立ってな」

　そういうことだったか、と佐之助は思った。

「すでに以前のような暮らしを取り戻している者も少なくないが、家も仕事も失い、秀士館に寝泊まりしている者もまだかなりいる。そういう者は、きっと大喜びするだろう。米田屋、よくぞ話を持ってきてくれたな。皆に代わって礼をいう」

　佐之助はこうべを垂れた。

「いや、そこまでされるほどのことでもない」

　佐之助は面を上げた。

「館長には、やはり話を通しておくのがよかろう。そのほうが角が立たぬ」

「その通りだな」

「それで米田屋、どの大名家が御蔵普請を命じられるのだ」

「全部で五つの大名家らしい。そのうちの一つは高山家だ」

　忌々しそうな顔で琢ノ介が告げた。

「なんと、そうなのか。確か、前当主が自害したばかりのはず。それでもそのような決定が下されたのか」

「そうだ。無慈悲よな」

唇を嚙んで琢ノ介が首を縦に振った。

「高山家は御蔵普請の命を受けるのか」

「受けるしかあるまい」

公儀に命じられては、断ることなどできない。高山家の場合、当主が死んだばかりというのに、公儀はなおも命じてくるのだ。ほかにどのようなわけがあったとしても、拒むことはまず無理だろう。

「しかし高山家に大がかりな普請ができるのか。それだけの金があるのか」

「あるはずがなかろう。金があったら、前の当主は死んでおらぬ」

「ならば、また猿の儀介があらわれるかもしれぬな」

そのことは琢ノ介も予期していたらしい。驚きの色は見せなかった。

「今度は、当主自ら盗人ばたらきをすることになるな」

「御用普請の費えを捻出《ねんしゅつ》するには、それしか手はあるまい」

「また岩田屋に盗みに入るだろうか」

「さて、どうだろうか」

下を向き、佐之助は首をひねった。

「なにしろ、岩田屋にはいま湯瀬が詰めておる。猿の儀介は必ず気配を覚えるだろう」

「直之進がおったら、さすがに手は出さぬだろうな」

琢ノ介は確信ありげな顔をしている。

「猿の儀介は、他の商家に忍び入ることになろうな」

「前に、読売に悪徳番付として載ったことがあるが、その中で関脇《せきわけ》や小結《こむすび》だった商家が狙われるかもしれんな」

「関脇と小結か……」

どんな商家が載っていただろうか、と佐之助が思い出そうとしたとき、お待たせしました、と小女が二つの鴨南蛮を盆にのせて持ってきた。

目の前に置かれた鴨南蛮を見て、こいつはうまそうだ、と琢ノ介が満面の笑みを浮かべる。

「よし米田屋、さっそくいただくとするか」

「うむ、そうしよう」

箸を取り、佐之助は食べはじめた。おいしいことはおいしいが、大左衛門の客と猿の儀介のことが気にかかり、いつもほどのうまさは感じられなかった。

琢ノ介が、うまいうまい、とはしゃぐような声を上げて食している。

その様子がまるで幼子を見ているかのようで、佐之助の心をわずかに和ませた。

あっという間に蕎麦を食べ終え、佐之助と琢ノ介はほぼ同時に箸を置いた。

「米田屋、一つききたいことがあるのだが、よいか」

「ほう、なにかな」

琢ノ介が、興をそそられたような顔を向けてきた。

「おぬし、因州屋という材木問屋を知っているか」

「因州屋……。ああ、知っておるぞ。木場にある材木問屋だな。因州屋がどうかしたか」

「いま館長のもとに来ている客がその因州屋なのだが、評判を知っているか」

「材木問屋としてはまずまずの大店だが、別に悪い評判を聞いたことはないな。倉田、なにか気にかかるのか」

「因州屋と会ったとき、館長がずいぶんとかたい顔をしていた。それが少し気になる」

「そうか。倉田の勘は当たるからな。ならば、わしが因州屋のことを調べてみてもよいが」

琢ノ介にいわれて佐之助は思案した。

「いや、そこまですることもあるまい。もし気にかかって仕方なかったら、俺が自ら調べよう」

それで話は終わり、佐之助と琢ノ介は立ち上がった。琢ノ介が勘定を持つといったが、佐之助は肯《がえ》んじず、割前《わりまえ》にした。

「そのほうが、気安く食事に誘えるからな。また奢《おご》られるのかと思うと、なかなか声をかけにくくなる」

「ああ、確かにそうかもしれぬ。だが、わしは奢ってもらうのは好きだがな……」

その言葉を聞いて佐之助は、ふふ、と笑った。いかにも米田屋らしい。

また、少し気持ちが軽くなった。

四

目を閉じ、高山義之介は堀江信濃守の顔を思い浮かべた。憎々しい面相《めんそう》をしている。これほどの悪人面には、なかなかお目にかかれない。心の卑《いや》しさが如実《にょじつ》にあらわれている。

今日は、これから登城《とじょう》して、堀江信濃守に会わねばならない。まさか結城和泉守に面会した日の午後に、老中首座に召し出されるとは思いもしなかった。

息を吸い込んでから義之介は目を開けた。

――これほど唐突な呼び出しとは、いったいどんな企みがあるのか……。

この手で、堀江信濃守を殺してやりたい。兄の仇を討ちたい。堀江信濃守がこの世にいなければ、堂之介はまだ生きて、高山家の当主の座にあったであろう。

義之介は、高山家の家督など望んでいなかった。兄弟が仲よく暮らせれば十分だった。

いずれ他家へ養子に出られれば、それ以上の願いはなかった。他の大名家や旗本家の養子となれば兄弟とは別れなければならないが、男子たるもの、いつかは別々に生きていかねばならぬものである。

——猿の儀介などと義賊を気取って、盗みなどやらなければよかったのか……。

苦しい高山家の台所を助けるために盗賊の真似事をはじめたのだが、それが不幸の階段を転がり落ちる端緒《たんしょ》となったような気がする。

そうにちがいない、と義之介はかぶりを振り、拳を畳に叩きつけようとした。

だが、襖越しに声がかかったことで、思いとどまった。

「殿、そろそろお支度を」

近習の今中乾二郎である。気持ちを静めようと、義之介は深呼吸をした。

「殿、どうかなさいましたか」

返事がないのをいぶかしんだか、乾二郎が心配そうにきいてきた。

「いや、なんでもない。よし、乾二郎、入ってくれ」

義之介が命じると、襖が音もなく横に滑り、乾二郎が顔を見せた。

乾二郎に着替えを手伝ってもらい、義之介は肩衣半袴《かたぎぬはんばかま》という登城時の正装を身につけた。

乾二郎とともに部屋を出、廊下を進んで玄関まで来る。外に置かれた駕籠に再び乗り込み、千代田城を目指した。

堀江信濃守は、午後の八つを指定してきた。それに遅れることなく、義之介は千代田城に着いた。

すぐさま御殿に入り、茶坊主に案内された一室に落ち着いた。

――今日、あやつに浅草御蔵の普請を命じられるのだな。

悔しくてならない。くそう、と義之介は歯ぎしりした。なんでこのようなことになったのか。

――我らが困り果て、窮しているのを承知で、堀江信濃守は命じてくるのだ。

あやつは人ではない、と義之介は思い、拳をぎゅっと握り締めた。

――人でないなら、ここで殺してしまっても構わぬではないか。

そんな思いが頭をよぎっていった。

「失礼する」

不意打ちのような感じで、傲岸《ごうがん》さを感じさせる声が響き、その直後、襖が開いた。

義之介はどきりとしたが、その思いを顔に出すことなく平伏《へいふく》した。

堀江信濃守が敷居を越えて部屋に入り、目の前に座した。どかり、と耳障《みみざわ》りな音が立ち、義之介は顔をゆがめかけた。

この男を、まことにあの世に送ってやりたい。同じ部屋で息をするのさえ勘弁だ。

この手で堀江信濃守をくびり殺せたら、どんなにすっきりするだろう。兄上の無念も晴らせる。

しかし、結城和泉守にいわれたように、我慢するしかない。自分だけが責めを負うなら、ここで堀江信濃守を殺してしまってもよいが、それだけでは済まされない。高山家は即座に取り潰しの憂き目《うめ》に遭ってしまう。

「高山どの、よく来てくれた」

和やかさを感じさせる声を、堀江信濃守が発した。義之介は、はっ、とかしこまった。

「なにゆえ足労を願ったか、高山どのはわけがおわかりか」

きかれて義之介は面を上げた。醜悪な顔が目に入って、眉根を寄せそうになった。

「はっ、承知しております」

「ほう、さようか。誰から聞かれた」

「誰からというわけではありませぬ。噂が巡っております。我が家のほかにも、四家の大名家に命じられると聞いております」

「ほう、そこまで存じておるのか。ならば、話は早い」

堀江信濃守が背筋を伸ばし、胸を張った。一通の書状を手にしており、それを厳かに開いた。

「高山家に浅草御蔵普請を正式に命ずる。これは上さまの命である。高山どの、承知か」

義之介が答えるまでに少し間が空いた。

「どうかされたか、高山どの」

「いえ、なんでもありませぬ」

かぶりを振って義之介は堀江信濃守を直視した。

「謹《つつし》んでお受けいたします」

「それは重畳《ちょうじょう》」

堀江信濃守が相好《そうごう》を崩した。その顔つきがあまりに憎たらしく、義之介は腸《はらわた》が煮えくりかえった。

「御蔵普請は、先ほど高山どのがいわれた通り、全部で五つの大名家に命じられることになっておる。費《つい》えは大名家一家につき、一万二千両」

なにっ。自分の眉がぴくりと動いたのを義之介は感じた。結城和泉守から聞いていた一万両よりも、さらに額が上がっていた。

——なんということだ……。

あまりのことに怒りが全身に満ち、吐き気すらもよおしてきた。目の前の男を、亡き者にせずにはいられない。もし堀江信濃守を殺すことができたら、ここで死んでもよいとまで義之介は思った。

短慮を起こしてはならぬぞ。結城和泉守の言葉が脳裏によみがえった。

義之介は目を閉じ、下を向いて怒りが体内を通り過ぎていくのを身じろぎせずに待った。何度も繰り返し、息継ぎをする。

ようやく心が落ち着いたのを見計らい、義之介は面を上げた。

正面に、堀江信濃守の顔があった。笑みを含んだ瞳でこちらを見ていた。

おもしろがっておる。義之介の中で、またしても殺意が湧き起こった。

それでも、なんとか怒りをなだめつつ、義之介はこうべを垂れた。

「費えは一万二千両でございますな。承知いたしました」

なんとか平静な口調でいえた。

あとはこの部屋を退出すればよい。それで、この堪《た》え難い時間は終わりを迎える。

「それでよろしい。御蔵普請を拝命するは、大名家にとって誠に栄誉なこと。高山どの、励めよ」

尊大な笑みを堀江信濃守が見せた。

――なにを偉そうに。まるで上さまに成り代わったように命じてきておるが、きさまはただおのれが欲するままに政《まつりごと》を動かしているだけではないか。そのような卑しい男、今ここで俺が殺《や》らずとも、必ずや天罰が下ろう。それを楽しみに待っておくのだな。

「それと、ちと付け加えておくが、御蔵普請は急いでもらわねばならぬ。一月後《ひとつき》には取りかかってもらうことになろう」

「一月後にございますか」

またしても無理難題か。

「そうだ、一月後だ。高山どの、なにか支障でもおありか」

「一月後というのは、あまりに早すぎるのではありませぬか。人足などいろいろと手配をしなければなりませぬ。一月ではまず足りませぬ」

「人足など、お家出入りの口入屋《くちいれや》に頼めば、なんとでもなろう」

「人足だけではありませぬ。普請に使う資材も取り寄せなければなりませぬが、一月ではときが足りませぬ」

「では高山どのは、公儀の根幹がおびやかされておるこの有時に、ときが足りぬからと御蔵普請を先送りすると申すか」

すごみのある目で堀江信濃守がにらみつけてきた。堀江信濃守から眼差しを外し、義之介は深く息を吸った。もしここで、無理です、できませぬ、と答えようものなら、堀江信濃守は得たりとばかりに、ならば高山家の取り潰しもあり得るがよろしいか、とたたみかけてくるのは明白だ。

「いえ、承知いたしました。お任せください」

堀江信濃守の目を見て、義之介は力強くいった。

「高山どの、人足も資材もしっかりと用意できるのであるな」

「はっ、一月後には必ず、普請をはじめてご覧に入れます」

「それは、なんとも頼もしい言葉だ」

破顔した堀江信濃守がすぐさま表情を引き締めた。

「では高山どの、御蔵普請をよろしく頼む。忙しいゆえ、わしはこれで失礼する」

大儀そうに立ち上がり、堀江信濃守が襖をからりと開け放って出ていった。

ふう、と義之介は嘆息《たんそく》した。よく堪えたものよ、と自分を褒めたくなった。

もし今の命を受けなければ、高山家はこの先、どんな目に遭うか知れたものではない。さらなる無理難題を押しつけられ、取り潰しに追い込まれるにちがいなかった。

――きっとなんとかなる。俺がなんとかしてみせる。

腹に力を入れて義之介は思った。猿の儀介として盗んだ金はこれまで七千六百両で、一切使うことなく、上屋敷の蔵に蓄《たくわ》えてある。

しかし、御蔵普請の費えに一万二千両もかかるとなると、あと四千四百両もの金が必要になってくる。

それでなくても、国元では疫癘が流行り、飢饉が続いている。笹高領は疲弊し、窮乏《きゆうぼう》の極みにある。

だから国元に頼ることはできない。笹高領内にある商家に請《こ》うなどして、金を必死でかき集めれば、四千両くらいなら、なんとかなるかもしれない。

だが、それを通達すれば、笹高は滅んでしまう。なんとか自力で金を調達するしかなかった。

――ならば、俺がやるべきことは一つだ。

決意の炎が、義之介の中でゆらりと立ち上がった。

やらなければならないのは、盗みだけではない。結城和泉守から耳打ちされた件も、早いうちに実行しなければならなかった。

だが、それについては、と義之介は思った。少しだけ待ってもらわなければならない。

先にすべきは、金の調達である。

五

夕餉はあまり食べないようにした。このあと、一仕事しなければならないからだ。

寝所に行き、義之介は布団に横たわった。少し眠るつもりだった。

すぐには眠れないかと思っていたが、意外な早さで眠りの海をたゆたっていた。

やがて、耳に鐘の音が入り込んできて、義之介は目を覚ました。鐘がいくつ打たれるか、布団に横たわったまま数えた。

捨て鐘を入れて全部で十二回、鐘は撞《つ》かれた。九つである。

夕餉を終えたのが暮れ六つを少し過ぎた頃だったから、三刻近くは寝ていたことになる。たっぷり眠ったおかげで、気分はすっきりしていた。

――よし、頃おいだ。

深夜になるのを、義之介は待っていた。気配を殺し、静かに立ち上がる。襖の向こうには、宿直が控えている。

今から寝所は、もぬけのからになる。宿直にそれを覚られるわけにはいかない。

このあたりの面倒くささは、部屋住だった頃とは、ずいぶんちがう。家督《かとく》を継いでから、日々の暮らしはかなり窮屈になった。

押入の前に置いてある紙の箱を開け、忍《しの》び装束《しょうぞく》を取り出した。寝間着を脱ぎ、手早く着替える。

着替えを終えると、寝間着を箱にしまい込み、蓋《ふた》をした。それから、宿直のいない側の腰高障子を音もなく開けた。こちらには屋内を走る廊下がある。廊下に人は一人もおらず、ひどく冷えている。裸足で廊下を歩くと、足の裏がひどく冷めたかった。

誰にも気づかれることなく進み、最初の角を曲がる。

その直後、足を止め、目の前の腰高障子を静かに開ける。そこには無人の八畳間が広がっていた。

八畳間を一気に突っ切り、障子をするりと開けた。凍えるような風が中庭から吹き込んできた。

構わず濡縁《ぬれえん》から中庭に下りた。身をかがめて、濡縁の下を見る。

そこには草鞋と頭陀袋《ずだぶくろ》がある。夕刻に、人目を盗んで義之介が隠しておいたのだ。

草鞋を履き、頭陀袋を首にくくりつけるように巻いた。足音を殺して中庭を歩くと、鬱蒼《うっそう》とした林に入った。

その林を抜けると、塀に突き当たった。一丈《じょう》ほどの高さがあるが、義之介は塀をあっさりと乗り越えた。

この程度のことをたやすくできないと、猿の儀介とはとてもいえない。

道に降り立つや塀に身を寄せ、あたりの様子をうかがった。付近には人っ子一人おらず、人の気配もない。長く続く道は、ひたすら闇に覆われていた。

一人うなずいて、義之介は歩き出した。ほんの三間も行かなかったが、ふと誰かの目を感じたように思った。

——なにっ。

誰かいるのか。義之介は足を止め、またも塀に背中を張りつかせた。その姿勢で、鋭く目を向けた。

だが、今はもう眼差しは感じられない。

——気のせいか。いや、しかし……。

しばらく身じろぎせず、義之介は背中を塀に預けたまま、じっとしていた。

眼差しは戻ってこない。

——今のが気のせいとも思えぬが……。

今夜はやめるか。いや、ここでやめるわけにはいかない。今夜、決行するのだ。義之介に迷いはなかった。

再びひたひたと歩き出した。闇が江戸を覆う中、特に暗さが濃いところを選ぶ。

今夜、どこに入るか、すでに標的は定めてある。湯島にある骨董屋《こっとうや》の神辺屋《かんべや》だ。

神辺屋は、二束三文《にそくさんもん》も同然の磁器《じき》を唐国の名品として売りつけたり、戦国の昔に数が打たれた無名の刀工の作品を名刀として購入させたり、自前の職人につくらせた鎧兜《よろいかぶと》を高名な戦国武将が愛用していた物として高価に販売したりしている。買い取りの際も、相手の無知につけ込んで、安く買い叩くということを平然と行う。

骨董の世界では、だまされるほうが悪いといえばそれまでだが、神辺屋の場合、目に余るのだ。だから、読売の悪徳番付に載るのも当然のことなのである。

あたりの気配をうかがいながら義之介は湯島を目指した。

四半刻後に義之介は、神辺屋と記された看板を眺めていた。深い闇の中、文字ははっきりと見て取れた。こうして夜目が利くというのは、盗人としては実によいことだ。

――よし、行くか。

道の両側に人がいないのを確かめてから、忍び返しがついた高い塀を、ひらりと跳び越えた。一瞬で義之介は神辺屋の敷地に入り込んでいた。

いくら悪徳な骨董屋といえど、義之介はあるじや奉公人を害するつもりはない。金だけいただければよいのだ。

ひどく冷え込んでいるものの、高い塀に囲まれた敷地内は風もなく、静かなものだ。神辺屋は猿の儀介に狙われると思っていないのか、それとも、もう猿の儀介の跳梁《ちょうりょう》は終わったと考えているのか、用心棒などは雇っていないようだ。剣呑な気配は一切感じない。

家人や奉公人も深く寝入っているようで、家の中から、いくつかのいびきが重なって聞こえてくる。

神辺屋のどこに金がしまわれているのか、とうにわかっている。

これは以前に角之介が調べたのだが、家の中ではなく、外に建っている蔵に大金が入れられているようなのだ。

外に金を置いておくなどずいぶん不用心だが、神辺屋のあるじは、それだけ金蔵に信頼を置いているのだろう。

――あれだな。

義之介は、夜空に浮かぶように見えている蔵に向かった。石造りで、なかなか大きな蔵である。

これだけの造りなら、仮に大火事に見舞われても、小判が溶けてしまうようなことはないだろう。

おそらく、と義之介は思った。大事な骨董の類も、たくさんしまわれているにちがいなかった。

いかにも重そうな扉には、頑丈《がんじよう》そうな錠がついている。だが、この程度の錠なら破れないことはない。

懐から簪《かんざし》のような物を取り出し、その切っ先を錠の穴に差し込んだ。

錠の中の仕組みを探りつつ、ほんのわずかに切っ先を動かしていく。それを飽きずに繰り返した。

鼓動が五十ばかり打ったとき、かちゃりと小気味《こきみ》よい音が闇に響いた。

やった、と義之介は小躍りしそうになった。重い扉をゆっくり開けると、ごご、といやな音が立った。

誰かが起きてくるのではないかと息をひそめたが、様子を見にくる者など、一人もいなかった。ほっと息をつき、義之介は足を進めた。

中にはさらに小さな扉がついていた。こちらに錠はついていない。ただ扉を開けるだけでよかった。

案の定、金だけでなく鎧兜や刀剣が大事そうに飾られ、焼物や巻物が入っているらしい箱がいくつも置かれていた。この蔵にしまわれているのは、どれもが値打ち物だとわかったが、義之介に持ち出すつもりはなかった。下手に盗んで、足がつくほうが怖い。

蔵の中を進んでいくと、奥の壁際に千両箱が積み上げられていた。数えてみると、十五個もあった。

──阿漕な商売をしていると、こんなに儲かるものなのか。

義之介は千両箱を一つ持ち上げた。さすがに重い。できればいっぺんに四千両を盗みたかったが、四千両を持ち出すのは、さすがに無理だ。一人では二千両が精一杯である。

角之介がいてくれたら、と義之介は思った。どんなによかっただろう。

──それでも、この二千両を加えれば、蓄えは全部で九千六百両になる。御蔵普請にかかる費えは一万二千両。つまり、あと二千四百両あればよいのだ。

猿の儀介は義賊として、これまで四百両を庶民のために撒いてきた。あのような真似をしなかったら、あとちょうど二千両で御蔵普請のための金は足りていたはずだ。

だからといって、義之介に悔いはない。民のために働くことが、上に立つ者の務めだからだ。

千両箱を二つ開けると、金色の輝きが目に飛び込んできた。

金が持つ力はすごいな、と義之介は感心した。これだけの闇の中でも目を射るのだから。

頭陀袋を首から外し、音を立てないように千両箱の小判を入れていく。

――これでよし。

ずしりと重い頭陀袋を肩に担ぎ、空の千両箱を元あった場所に戻して蔵を出た。蔵の扉は開け放したままだ。

神辺屋の敷地内を足早に歩いて塀際で足を止め、塀を見上げた。

塀の向こう側の道の気配を嗅いでから、ひらりと跳躍した。

一瞬で塀を越え、地面に両足をつく。

相変わらずあたりに人けはない。見渡す限り、闇が黒一色に染めていた。

義之介は上屋敷を目指して歩きはじめた。

何事もなく、三味線堀《しゃみせんぼり》近くの上屋敷に着いた。がっちりと閉まった表門からはむろん入れない。

二千両が入った頭陀袋を担ぎ直し、義之介は塀を乗り越えようとした。そのとき、背後から声がかかった。

「うまくいったようだな」

ぎくりとして、義之介は動きを止めた。ゆっくりと振り返る。

すらりと姿のよい影が、三間ほどを隔てて立っていた。

「何者だ、きさまは」

あたりに響かないよう、低い声で義之介は誰何《すいか》した。

「名乗るほどの者ではない」

平然とした声で影が答えた。

「ただ、おぬしの仕事ぶりが気になってな」

「俺の仕事ぶりだと」

瞳に力を込め、義之介は目の前の男をにらみつけた。

――俺が屋敷を出たときに感じた眼差しは、この男のものだったのではないか。つまりこやつはこの屋敷を見張っていたのか。いったい何者だ。

「高山どの」

やんわりと呼びかけられて、義之介は頭巾の中の顔をゆがめた。

――こやつ、俺の正体を知っている。

それは当たり前だな、と義之介は思った。知っていたからこそ、この屋敷を見張ることができたのだ。

「おぬしは湯瀬直之進を存じておるな」

意外な名が出てきて義之介は目をみはった。

「存じておる」

そのことを否定する気はなかった。

「湯瀬直之進は信ずるに足《た》る男だ」

「俺は、湯瀬とはちょっとした知り合いだ」

「ほう」

知り合いだからといって、この男が信じられるかは別の話だ。

「俺は、加藤屋《かとうや》を襲ったあと、金を撒いていたおぬしの弟に斬りかかった者でな」

――角之介に斬りかかっただと……。

そういえば、と瞬時に義之介は思い出した。加藤屋を襲った晩、奪った金を撒きにいく角之介と別れ、自分は一足早くこの上屋敷まで戻ってきた。

だが、角之介がなかなか帰ってこず、ずいぶんと気をもんだ。ようやく戻ってきた弟の無事な姿を見て安堵の息を漏らしたが、そのときに角之介がものすごい腕の男に斬りかかられたといったのだ。

「きさまがあのときの遣い手だというのか」

瞳を動かし、義之介は男をねめつけた。

「遣い手などといわれると照れるが、まあ、そうだ」

「そんな男がなにしにあらわれた」

最初に頭に浮かんだ疑問を、義之介は口にした。

「おぬしの様子を見に来たのだ」

男が思ってもいなかった言葉を吐いた。

「なにゆえ」

すぐさま義之介は問うた。

「おぬしが、また盗みをすると思っていたからだ」

「なにゆえそう思った」

「御蔵普請の話を聞いた。窮したおぬしがやることは一つしかない」

「それで、どうするつもりだ。角之介にしたように、俺にも斬りかかるのか」

「もし俺にその気があったら、いくらでも機会はあった」

それは確かだ、と義之介は考えた。

――俺が敵《かな》う相手ではない。

「ならば、まことにただ俺の様子を見に来ただけなのか」

「いや、そうではない」

男が小さくかぶりを振った。

「おぬしを守ろうと思うてな」

なに、と義之介は驚いた。

「おぬしはなにゆえそのような真似をするのだ。俺とおぬしは、なんの関わりもつながりもないではないか」

「俺は堀江信濃守が嫌いでな。なんでも自分の思い通りになると信じて疑わぬような男には、虫酸《むしず》が走る。あの男に一泡吹かせるためには、おぬしにがんばってもらわねばならぬ」

「では、今夜は見逃すのか」

「そういうことだ。この先も、おぬしをどうこうするつもりはない」

――この男は嘘をついておらぬ。

義之介は、体からすとんと力が抜けていくのを感じた。

「では、屋敷に入らせてもらってよいか」

「ああ、入ってくれ」

重い頭陀袋を担いだまま、義之介は塀を必死に乗り越えた。男から離れて、さすがに安堵の息が漏れ出る。

上屋敷内に人けは感じられない。宿直の者も起きてはいるだろうが、さほど気を張ってはいないのではないか。

義之介は、上屋敷の蔵の前に来た。錠に鍵を差し、扉を開ける。よっこらしょ、と心で気合をかけて、中に進んだ。

これまで盗んできた金は、しっかりとしまわれてあった。さすがにほっとする。その上に重い頭陀袋を置いた。

——しかし、これでもまだ足りぬ。

あと一度か二度は盗みをはたらかなければならない。

やるしかないのだ、と義之介は肚を決めた。兄が守ろうとした高山家を救うためなのだ。

蔵から出て、扉を閉める。錠をかけた。

先ほどの男は、と義之介は母屋に向かって歩きながら思った。湯瀬直之進とはちょっとした知り合いだといっていた。実際には、ちょっとしたどころではないのだろう。友垣《ともがき》なのではないか。直之進と友垣なら、先ほどの男も信を置ける者ではないか。

――せめて名を聞いておけばよかったな。

だが義之介は、またいずれ会うような気がしてならない。そのときにきけばよい、と思った。

第四章

一

足の先が冷たい。

搔巻から足が出ているようだ。

目覚めが近くなると、と富士太郎はぼんやりと思った。おいらはいつもこうなっちまうねえ。

両足をすり合わせてみたが、ほとんど温《ぬく》まらない。

これだけ足先が冷えているということは、朝が近いのだろう。いや、すでに夜は明けており、明け六つを過ぎているのではないか。

だったら起きるとするかね、と富士太郎は意を決し、目を開けて上体を起こした。

案の定、今朝もずいぶんと冷えていた。いつになったら春らしくなるのかねえ、と独りごちた。

腰高障子は開いていないが、淡い光が感じ取れるのは、やはり太陽が昇っているからだろう。

隣の寝床を見てみたが、智代はとっくに起き出したらしく、完太郎の姿もそこにはなかった。完太郎を目の届くところに寝かせて、朝餉の支度に取りかかっているにちがいない。まな板を叩く音が聞こえてくる。

こんなに寒いのに、と富士太郎は智代に深く感謝した。いつもいつも朝早くから食事の支度をしてくれて、本当にありがたい。感謝してもしきれないくらいだ。

立ち上がって搔巻を脱ぎ、富士太郎は出仕のための着替えを手早く済ませた。

――よし、今日こそ、おさちたちを捜し出してみせるよ。

全身に力を込め、しゃんとしたとき、廊下を渡る足音がし、腰高障子に人影が映った。

「あなたさま」

智代の声がし、するすると腰高障子が横に滑っていった。智代の顔があらわれた。

今日もきれいだねえ、と富士太郎はほれぼれした。智代が富士太郎を見返して、にこりとする。

「ああ、もう起きていらっしゃいましたか」

「うん、さっき目を覚ましたばかりだよ。今朝も冷えたね」

「はい、本当に」

「水が冷たいだろう。手は荒れていないかい」

富士太郎にいわれて、智代が手の甲や手のひらに目を落とす。

「どうやら大丈夫のようです」

「そうかい。あかぎれなんかつくったら、大変だからね」

「ありがとうございます。今のところはなんともありません」

「それならいいんだ。智ちゃん、朝餉ができたのかい」

「さようです。いらしてくださいますか」

「うん、わかったよ」

刀架の長脇差を手に取り、富士太郎は寝所を出た。智代の後ろを歩いて、台所の隣の部屋に入る。

部屋には火鉢が一つ置いてあり、中は暖かだ。火鉢のかたわらに敷物が敷かれ、その上で完太郎が気持ちよさそうに眠っていた。

富士太郎は両膝をついて、愛息の寝顔に見入った。かわいいねえ、とつぶやきが口から漏れる。

——岩田屋にとっても、おさちは大事な大事な娘なんだよねえ。悪評高い米問屋といえども、一人娘はかわいくてならないだろうから、なんとしても見つけ出し、無事な顔を見せてやらないといけないね。

決意を新たにした富士太郎は、智代の心尽くしの朝餉を食べはじめた。

普段は朝餉に小鉢の納豆を食するが、今朝は智代に頼んで、もう一つ小鉢をもらった。

——これで疲れ知らずだよ。

納豆と生玉子、梅干し、たくあんをおかずに、全部で三杯の白飯を平らげた富士太郎は、ごちそうさま、と両手を合わせてから腰を上げ、智代に完太郎と家のことを頼んで屋敷を出た。

八丁堀内の道を歩き出して半町も行かないところで、一人の男がこちらに向かって駆けてくるのが見えた。あれは伊助だね、と富士太郎は認めた。

――こんなに早くやってくるなんて、きっとまたなにかあったにちがいないよ。

伊助も富士太郎に気づいたようで、さらに足を速めたのがわかった。富士太郎の前までやってきて足を止める。はあはあ、ぜいぜいと荒い息を繰り返す。肩のあたりから、かすかに湯気が上がっていた。

「だ、旦那、おはよう、ござい、ます」

面《おもて》を上げた伊助が、途切れ途切れに挨拶してきた。

「ああ、おはよう」

体力には自信があるはずの伊助が、これほど息が上がっている。

ということは、と富士太郎は思った。相当やっかいな事が起きて、急ぎに急いでここまで走ってきたのだろう。

なにがあったのか。

――まさかおさちの骸が見つかったとか、そんなことではないだろうね。

そんなことがあるわけがない、と富士太郎は心中でかぶりを振った。

――おさちはおいらが救い出すんだ。死なれてたまるか。

富士太郎は、伊助の呼吸がととのうのをじっと待った。

「ああ、すみません。もう大丈夫です」

背筋を伸ばして、伊助がしゃきっとした。

「それで、なにがあったんだい」

伊助を見つめて富士太郎はすぐさまきいた。

「旦那、歩きながら話してもよろしいですか」

少し動きながらのほうが息が楽になるのは、富士太郎も知っている。

「もちろんだよ。伊助、番所へ向かえばいいのかい」

「いえ、湯島のほうへお願いします」

「湯島か……」

富士太郎としては、品川のほうへ向かいたかった。おさちたちのことが、案じられてならないからだ。

小舟が近くを通りかかったとき、女の悲鳴らしきものを聞いたという本芝の漁師の話が、やはり心に引っかかっている。その悲鳴は、さらわれた娘のものではないかという気がしてならないのだ。

しかし伊助にいわれた通り、富士太郎は湯島の方向へ足を進めた。

「旦那は神辺屋という店をご存じですか」

伊助が後ろからきいてきた。富士太郎はほとんど考えなかった。

「湯島一丁目にある骨董屋だね」

「はい、さようで」

伊助が相槌を打つ。

「神辺屋といえば、岩田屋と同じで、悪評の高い店だよ。次に猿の儀介が狙うとされた読売の悪徳商家番付にも、関脇で載ったんじゃなかったかな」

「はい、おっしゃる通りで……」

「その神辺屋に、なにかあったのかい」

「盗みに入られたんですよ。どうやら猿の儀介が入り込んだようで」

「えっ、猿の儀介が……」

富士太郎は振り返って伊助を凝視した。伊助が点頭《てんとう》してみせる。

猿の儀介の正体が高山義之介と角之介兄弟であることは、自らの調べで察しがついている。しかし、町奉行所が大名の罪を問うことはできない。それは大目付《おおめつけ》の役目だからだ。

弟の角之介は死んだ。直之進から、自害して果てたと聞いた。だから今、猿の儀介として盗みをはたらく者がいるとしたら、高山家の当主義之介ということになる。

——大名家の殿さまが、盗人をするっていうのかい……。

富士太郎は、にわかには信じられなかった。義之介が亡き兄の跡目を継いだ以上、猿の儀介としてまた盗みをはたらくとは、どうしても思えなかったのだ。

もし本当に神辺屋の一件が猿の儀介の仕業であるなら、なにかよほどの理由があるにちがいなかった。

「その調べをおいらがするのかい」

おさちの行方知れずにかかりきりになるように、南町奉行の曲田伊予守からじきじきにいわれている。

「さようです。盗みに入られたのは町人、町奉行所の出番です。猿の儀介のことを最もよく知っているのは旦那ではないかということで、お奉行がおっしゃったのです」

「お奉行がね……」

今の南町奉行の曲田伊予守は素晴らしい人柄である。町奉行は激務だが、ずっと続けてほしいと富士太郎は願っている。

——そうか、お奉行の命か。ならば、お顔を潰すわけにはいかないよ。

「それで伊助」

また振り返って富士太郎は問いかけた。

「なにゆえ神辺屋に入り込んだのが、猿の儀介だとわかったんだい」

へい、と答えて伊助が語る。

「神辺屋の敷地内に建つ金蔵には、一万五千両ほどの金があったそうです。賊は、そのうちの二千両しか盗んでおりません。その手口は、猿の儀介のやり口そのものです。それゆえ、猿の儀介が盗みをはたらいたという判断が、お奉行をはじめ、上のほうの方々でなされたようです」

「ふむ、そういうことか。一万五千両のうちの二千両をね……」

――確かに猿の儀介のやり口だね。やはり、よっぽどのわけがあって、猿の儀介は再び仕事をはじめたのかもしれないね……。

「金は撒いたのかい」

「いえ、どこにも撒いてはいないようです」

「そうなのか……」

一人になって、義賊としての振る舞いはやめたのだろうか。やめざるを得ないなにかがあったのだろうか。

――いったいなにがあったのだろう。

高山家の領地の出羽笹高が飢饉と疫病に見舞われていると、前に米田屋琢ノ介から聞いたが、今も領内の状況は変わらず、領民や高山家を救うために、義之介は盗みを再びはじめたのだろうか。つまり、江戸の町人に金を撒くだけの余裕がないのではないか。

そうかもしれないけど、と富士太郎は思った。あくまでも勘に過ぎないが、盗人ばたらきをはじめたのには、なにか他にわけがあるのではないか。そんな気がした。

――高山家で大金を用意しなければならない、なにかが生じたにちがいないよ……。

確信を抱いた富士太郎は足早に歩き、四半刻後には神辺屋の前にやってきた。すでに珠吉が店先におり、富士太郎たちを待っていた。

「珠吉、おはよう。この寒い中、よく来てくれたね」

白い息を吐きつつ富士太郎は言葉を投げた。

「旦那、おはようございます。旦那こそ大丈夫ですかい。あっしよりずっと寒がりじゃありやせんか」

珠吉は、富士太郎のことを本気で案ずる顔をしている。

「これだけ寒いと、珠吉はおいらのことが心配でならないんだろうねえ。でも、この仕事に甘えは許されないからね。寒さなんかに負けていられないよ」

「旦那、その意気ですよ」

珠吉の励ましに富士太郎は、うん、と大きくうなずき、神辺屋に目を当てた。

店は閉じられている。むろん暖簾は出ておらず、ひっそりとしていた。

――泥棒に大金を盗まれたら、そりゃ、主人も奉公人も気持ちが沈んで、商いどころじゃないよね……。

「伊助、頼むよ」

富士太郎が声をかけると、はい、と返事をした伊助が神辺屋に歩み寄り、訪いを入れた。

雨戸に設けられた小窓が待ち構えていたかのように開いた。中から、二つの瞳が富士太郎たちをじろじろと見る。

「ああ、お役人。よくいらしてくださいました。いま開けますので……」

小窓がぱたりと閉じられ、その直後、くぐり戸がきしむ音を立てて開いた。そこから男が顔をのぞかせ、富士太郎たちを手招いた。富士太郎たちは身をかがめて店内に入った。

中は、刀や槍《やり》などの武具のほかに、焼物や掛軸がところ狭しと陳列されていた。どこかかび臭いのは、骨董の類があふれんばかりに並ぶ店ならでは、なのかもしれない。

雪駄《せった》を脱いで店内に上がり、廊下を進んで奥の座敷に入った富士太郎たちは、座布団に遠慮なく座った。そばに大きめの火鉢が置かれており、盛んに炭が熾きていたが、風がどこからか入ってくるらしく、ほとんど暖かさを感じなかった。

座敷内は冷え冷えとしていた。

――阿漕な商売をしている店は、こんなふうに冷たい隙間風が、いつも吹いているのかもしれないね……。

そんなことを考えていると、失礼いたします、と断って年配の男が顔を見せ、富士太郎たちの前に座した。神辺屋のあるじだろう。

苦虫《にがむし》を嚙み潰したような悪相をしているが、これが普段の顔なのか、それとも、盗人に大金を奪われたゆえの表情なのか、富士太郎には判断がつかなかった。

慇懃《いんぎん》に辞儀をした男が、喉をやられているようながらがら声で挨拶してきた。

「お役人、よくいらしてくださいました。手前は神辺屋のあるじ号右衛門《ごうえもん》と申します。どうか、お見知り置きを」

富士太郎は名乗り返し、珠吉と伊助を紹介した。

「それで――」

富士太郎は号右衛門にさっそく問うた。

「賊に入られたと、おまえさんたちが気づいたのは、いつのことなんだい」

はい、と低頭して号右衛門が答える。

「そうと気づいたのは、明け六つを少し過ぎた頃でございます」

明け六つかい、と富士太郎は思った。自分が目覚めた頃であろう。

「うちの庭に蔵がございますが、その蔵近くの井戸へ顔を洗いに行きましたところ、ふと蔵の扉が開いているのが目に飛び込んでまいりました。あわてて中に入りましたら、千両箱が二つ、空になっているのがわかりまして。それで、急ぎ御番所に使いを走らせた次第でございます」

「こたびの盗みは、あの有名な猿の儀介の仕業ではないかと思われるんだけど、昨晩、なにか不審な物音など聞いていないかい」

「猿の儀介が盗みに入ってきたのは深夜でございましょうが、手前どもの誰一人として物音など、まったく耳にしておりません。みな、ぐっすりと寝入っておりました」

深いため息をついて、号右衛門が首を何度か振った。

「用心棒は置いていなかったんだね」

「はい、雇っておりませんでした」

号右衛門が少し悔しそうな顔になった。いくばくかの金を惜しんだばかりに、と富士太郎は思った。

実際のところ、用心棒代は決して安くないのだろうが、賊に盗みに入られて大金を奪われるほうが、よっぽど高くつく。

「おまえさんは、自分の店が猿の儀介に狙われるかもしれないとは、考えなかったのかい」

「いえ、考えておりました」

「えっ、そうなのかい」

はい、と号右衛門が首肯する。

「読売の番付に載ったのは知っておりましたから、気をつけようと奉公人たちと話し合っておりました。しかし心のどこかでは、まさか本当に入られることなどなかろうと、高をくっていたのもまた事実でございます」

昏を噛み、号右衛門が力なくうなだれる。

「いま思えば、腕のよい用心棒を雇っておけばよかった……」

「米問屋の岩田屋は腕利きの用心棒を雇ったおかげで、猿の儀介を追い払えたそうだよ。むろん一文も奪われずに」

「えっ、そうなのでございますか」

初耳だったようで号右衛門が目をみはった。

「知らなかったのかい」

「はい、存じませんでした。そうでしたか、しわいので有名なあの岩田屋さんが用心棒を……」

「うん、かなりの代を払ったようだね」

でしたら、と力のこもった声を号右衛門が発した。

「手前どもも、岩田屋さんを見習うようにいたします。今となっては手遅れかもしれませんが、出入りの口入屋に腕利きの用心棒を周旋《しゅうせん》してもらいます」

「なに、手遅れなんてことはないよ。しっかりした用心棒を雇えば、ここは狙いやすいと、また猿の儀介が押し入ってくることはなくなるだろうからね」

「ああ、さようでございましょうな」

ところで、と富士太郎は号右衛門にいった。

「蔵の錠は、相当によい物を使っていたんだろうね」

「さようにございます。店の中でなく外に蔵を建てるということで、頑丈な石造りにするだけでなく、錠も一流の錠前職人に注文しまして、決して破られない物を誂《あつら》えたのですが……」

無念そうに号右衛門が嘆息する。

「決して破られない錠など、この世にはないのでございますね」

――猿の儀介は、それほど難しい錠前破りもたやすくやるんだね。大名家で育ったというのに、そんな技をいったいどこで身につけたのだろう……。

「樺山さま」

富士太郎に呼びかけて、号右衛門が両手を畳に揃える。

「どうか、猿の儀介を引っ捕らえ、二千両を取り戻してください。この通りでございます。よろしくお願いいたします」

必死の面持ちの号右衛門が額を畳にすりつける。うん、と富士太郎は顎を引いた。

「できる限りのことはするつもりだよ。今はそれくらいのことしかいえないけど、精いっぱい身を入れて探索するからね」

「ありがとうございます。どうか、どうか、お願いいたします」

懇願する号右衛門を見つめ、ふむ、と富士太郎は鼻から息を出した。

——おさちたちのかどわかしに加え、猿の儀介の跳梁がまたはじまるとは……。江戸の町は、いったいどうなっちまったのかねえ。

しかし、と富士太郎はすぐに思った。

——神辺屋には申し訳ないけど、今は猿の儀介よりも、おさちたちをなんとしても捜し出さなければならないよ。

おさちたちには、命の危険が差し迫っているはずだからだ。おさちたちの一件が落着したら、間髪を容れずに猿の儀介の探索に取りかかることになるだろう。

そのときは、と富士太郎は思った。義之介が大名家の当主だからといって、手加減する気など一切ない。

猿の儀介を引っ捕らえるのは自分の役目である、と富士太郎はかたく信じている。ただし、捕まえるのは富士太郎の目の前で盗みを行ったときに限られる。それ以外、富士太郎が義之介に手を出せるときはない。

「神辺屋、ちと蔵を見せてくれるかい」

富士太郎は号右衛門に申し出た。

「あっ、はい、承知いたしました」

今回の二千両の盗みに関し、本当に猿の儀介の仕業なのか、富士太郎にはまだ半信半疑のところがある。なにか別の賊を指し示す証拠が蔵に残っていないだろうか、と考えたのである。

――猿の儀介を模倣《もほう》したということだって、考えられないではないからね。盗人の中には、他の盗人に憧れるってことも、きっとあるだろうし……。

号右衛門にいざなわれて庭に出た富士太郎は、立派な蔵の中に足を踏み入れた。中には十以上の千両箱が手つかずのまま残されていた。

――これだけの千両箱が積み上げられているのに、たった二千両しか盗まなかったっていうのかい。やはり、今回は猿の儀介の仕業と考えるしかないのかな。もしほかの賊がこの蔵に入っていたら、きっとすべて持ち去ろうとするだろう。

――いや、どうかな。もし盗人が一人だったら、どんなにがんばっても二千両が精一杯かもしれない……。

とにかく、先入主《せんにゅうしゅ》を捨てて探索をしなければならない。猿の儀介の仕業でまちがいないと思っているが、まだほかの盗賊の可能性も十分にあり得る。

——しかし、これが猿の儀介の仕業だとしたら、下手人が誰なのか、すでにはっきりしているからねえ。調べるもなにもあったものじゃないよ。次にいつ猿の儀介が動くのか、三味線堀近くの上屋敷を張らなきゃいけないね。

号右衛門と別れて神辺屋をあとにした富士太郎は、道を少し進んで足を止め、珠吉と伊助に目を向けた。

「神辺屋には悪いけど、これから品川に向かうよ」

「あっしもそのほうがいいと思います」

すぐさま珠吉が同意する。

「手前も、そうするほうがよいかと……」

伊助も控えめに賛意を示した。

「漁師が女の悲鳴を聞いた小舟というのが、どうしても気になるんだ。その舟の手がかりをつかめれば、おさちたちの行方もわかるんじゃないかって、おいらは思っているよ」

寒さに負けずに勇んだ富士太郎は、珠吉と伊助とともに、風を切るようにして品川に向かった。

品川に着くやいなや、女たちを乗せているような怪しい舟がいないか、女の悲鳴が上がった小舟をほかに見ている者がいないか、あたりをしらみつぶしに聞き込んだ。ろくに食事もとらなかった。

しかし、結局のところ、なんの手がかりも得られないまま、西の空に日が落ちていくのをただ見送るしかなかった。

二

おさちはいつ出てくるのか。

底冷えのする寒さに震えながら、河合綱兵衛は豪奏流杉浦道場という看板の掲げられた武家屋敷の大きな門を、じっと見ていた。

綱兵衛がいるのは、道場近くにあるちっぽけな稲荷神社の境内である。鳥居の陰に立って吹き寄せる風を避けているのだが、ほとんど寒さは減じず、足踏みを繰り返していた。

どのくらい待ったものか、ようやく稽古が終わったようで、おさちが外に出てきた。その姿を見た途端、綱兵衛の心は高揚し、胸にぽっと明かりが灯った。

おさちは門人たちと挨拶をかわし、一人で道を歩きはじめた。鳥居の陰を出た綱兵衛は少し距離を置いて、心を躍らせつつおさちのあとを尾《つ》けた。

綱兵衛はおさちに握り飯を恵んでもらって以来、ずっとおさちに会いたくてならず、ついつい岩田屋の近くに足を向けるようになったのである。

おさちは杉浦道場で薙刀を習っているらしい。

綱兵衛は、好きなおなごの姿を間近に見ているだけで、気持ちが弾んでならなかった。

おさちは、なにか用事を思い出したのか、下谷辻番屋敷町を抜け、岩田屋のすぐそばまで帰ってきたところで、急にきびすを返して、来た道を戻りはじめたのだ。

どこに行くのだろう、と思いつつ綱兵衛は十間ほどを隔てて尾けていった。

杉浦道場の前を通り過ぎて、さらに東へ向かい蔵前《くらまえ》通りを越えた。やがて、おさちはこぢんまりとした寺の山門をくぐっていった。少し遅れて綱兵衛は山門のそばで足を止めた。

山門の扁額には、幸楽山《こうらくさん》画雲寺《がうんじ》と墨書《ぼくしょ》されていた。この寺の背後を大川が流れているようで、あたりには潮の香りがほんのりと漂っていた。

こんな小さな寺でおさちどのはなにをするつもりなんだろう、と綱兵衛は首をひねった。五段ばかりの石段を上がり、境内に入った。

山門そばの松の木陰で立ち止まり、綱兵衛はおさちを見守った。おさちは迷いのない足取りで、墓場のほうへ向かっていった。墓参りに来たのか、と思いつつ綱兵衛も足音を立てずについていった。

墓地の入口のところに小屋があり、おさちはそこに置いてあった閼伽桶《あかおけ》や柄杓《ひしやく》、箒《ほうき》を手にした。小屋から少し離れたところに井戸があり、閼伽桶を水で満たした。

おさちは重くなった閼伽桶を運んで、小さな墓の前に進んだ。綱兵衛も少し歩き、小屋の陰に身を寄せておさちを見た。

おさちは箒で墓のまわりの掃除をし、柄杓で墓石に水をかけた。それからひざまずき、両手を合わせた。

花も線香もないが、おさちが誰かの墓参りに来たのはまちがいなかった。

もしかすると、と綱兵衛は思った。最近、誰か親しい人を亡くしたのかもしれない。友垣だろうか。

母親かもしれない。岩田屋では、おさちのほかに父親の恵三しか見ていない。ずいぶんと長く手を合わせていたが、ようやくおさちが立ち上がった。帰る気になったのか、山門のほうへと歩きはじめた。

綱兵衛は小屋の陰を素早く出て、近くに立つ欅《けやき》の大木の陰に移り、身を隠した。

おさちは綱兵衛のことを、握り飯をやった浪人だと覚えているはずだ。こぢんまりとして人けのまるでない寺の境内で会うことを、偶然だと考えるわけがない。自分につきまとう気味の悪い男と、思うにちがいなかった。

欅の陰で綱兵衛は身じろぎ一つせず、ひたすらじっとしていた。しかし、いつまでたってもおさちが近づいてくる気配が感じられなかった。

我慢できず、綱兵衛は欅の陰から顔をのぞかせた。すると、おさちの悲鳴が綱兵衛の耳を打った。

墓の裏手から四人の男があらわれ、おさちに襲いかかったのだ。四人は、おさちを手込めにしようとしているのではないか。

驚いたが、綱兵衛は、そうはさせるか、とすぐさま欅の陰から飛び出し、急いでおさちのもとに駆けつけた。鯉口《こいぐち》を切り、なにをしておる、と男たちを怒鳴りつけた。

四人の男のうちの一人が、なんだといわんばかりに険しい目になり、無言で綱兵衛に向かってきた。匕首らしい物を左手に持っているのに気づき、綱兵衛はあわてて刀を抜こうとした。だが、その前に男に懐へ入られていた。こんなに素早く動ける者がいるのか、と綱兵衛は驚愕した。

直後に、腹に強い痛みを覚えた。綱兵衛は死を覚悟したが、男は匕首を持った左手をまったく動かしていなかった。

ただ右の拳で腹を殴っただけということがわかってほっとしたが、その隙を衝《つ》かれて綱兵衛は首筋をびしりと打たれた。

体から力が一瞬で失せ、地面に倒れそうになったが、かろうじてこらえた。両膝をがくがくさせながらも、なんとか立っていた。

「殺したほうがよいか」

綱兵衛をちらりと一瞥《いちべつ》した男が、年かさの男にきく。

「殺せ。そのほうが、後腐《あとくさ》れがなかろう」

年かさの男が冷徹に命じた。

「死骸はどうする」

「川にでも流してしまえばよい」

川を流れていく死骸は、岸に上がらない限り、事件とは見なされない。面倒を恐れて、岸に流れ着いた死骸を棹《さお》などで突いて、再度流れに押し戻すということは、よく行われている。

冗談ではない、と綱兵衛は思った。こんなところで死ぬわけにはいかない。少なくとも、おさちだけはなんとか助けたい。四人の男たちに手込めにされるなんて、あまりにかわいそうだ。

匕首をきらめかせるようにして、男が綱兵衛に近づいてきた。綱兵衛はふらつきながらも、刀を抜こうとした。しかし首筋を打たれたせいか、柄を持つ手に力が入らなかった。

男が近づいてきた。まずい、と綱兵衛は心の底から恐怖した。

しかし、その男の動きがぴたりと止まった。それは、おさちが思いもかけない啖呵《たんか》を切ってみせたからだ。

「もしその人を殺したら、私も舌を噛んで死んでやるから」

おさちは本気で叫んだようだ。

「嘘なんかじゃないわよ。私はやるといったら、やる女よ」

おさちの目は真剣そのもので、全身から殺気のようなものを発していた。その迫力に押され、男たちは考え直したようだ。

「まあ、よい。その男も女と一緒に連れていく」

四人の男の中で最も年かさの男が冷静な口調でいった。

助かったという思いはあまりなく、なに、と綱兵衛は目を大きく見開いた。この男たちはおさちを手込めにするのではなく、どこかへ連れ去ろうとしていたのか。

「おさちどのをどこへ連れていく気だ」

綱兵衛は大声で男たちに質した。

「うるさい」

匕首を手にした男が、綱兵衛の後ろに素早く回り込んだ。綱兵衛は振り返ろうとしたが、その前にまた首筋を打たれた。

強い衝撃とともに瞬時に目の前が暗くなり、なにも見えなくなった。ばたりと地面に倒れて額を打ったことは知れたが、その後は意識を失い、なにもわからなくなった。

——わしはあれからどうしたのだったか。

なにか、ごとん、ごとんと音がする。なんの音だろうか。

はっ、として綱兵衛は目を開けた。

——今わしは夢を見ていたのか……。よりにもよって、こんなときに眠ってしまうなんて。

画雲寺で気絶させられた綱兵衛は、気づいたときには、ここにいたのだ。おそらく小舟で運ばれてきたのではないだろうか。

ここまで来る途中、一瞬だが意識が戻ったときがあり、筵《むしろ》の隙間から星が瞬《また》く夜空を見、同時に櫓《ろ》の音がした。

——そうだった。わしは、おさちどののおかげで命拾いしたのだな。あのとき、わしはなにもできなかった。

おのれの不甲斐《ふがい》なさが情けなくてしようがない。四人の男に取り囲まれて袋叩きにされたのならまだしも、相手がたった一人でも、まったく歯が立たなかったのだ。

駄目な男だ。昔からそうだ。綱兵衛は自分の頰を思い切り張りたかった。

今は猿ぐつわを嚙まされ、手足をがっちりと縛られている。こんな状況といえども、なんとかして、おさちとおきよを逃がしてやりたい。

そばにいるおさちとおきよの二人も猿ぐつわを嚙まされ、両手両足に縛《いまし》めをされている。薄い莫蓙の上で、二人は凭《もた》れ合うようにして眠っている。二人とも涙の跡が、頰に濃く残っていた。

綱兵衛は、かわいそうに、と同情した。わけもわからずにかどわかされて、どんなに心細いことか。

綱兵衛たちがいるこの場所は、ゆらりゆらりと揺れている。知らないうちに、綱兵衛とおさちは大船に乗せ替えられたようだ。

ときおり、波が舷側《げんそく》に当たる音が聞こえてくる。綱兵衛が夢から覚めるきっかけとなった、ごとん、ごとん、というのは波の音だったのだ。

波が舷側に打ちつけると、こんな音がするのかと綱兵衛は初めて知った。

打ちつける波は海からのものではないだろうか。

自分たちが縛めをされて転がされているのは、船の胴《どう》の間《ま》と呼ばれているところである。胴の間の端に座敷牢がしつらえられ、そこに綱兵衛たちは閉じ込められていた。

おきよは綱兵衛たちより先にここにいた。武家町を一人で歩いているところを見知らぬ男たちに襲われ、当身《あてみ》を食らわされて気絶させられたらしい。

駕籠に無理に押し込められたことまでは覚えがあるが、その先の記憶がないそうだ。目が覚めたときには、ここに転がされていたらしい。猿ぐつわを噛まされている口で、おきよがそういうふうにいったのを、綱兵衛は聞き取ったのである。

今この船は停泊しているようだが、いつまた動き出すか知れたものではない。船が動きはじめたら、脱出することなど夢のまた夢だろう。

大船とはいっても、この船が千石船でないのは確かだ。綱兵衛は船に詳しくはないが、せいぜい二百石積みくらいではないか。

胴の間の頭上はすっぽりと開いているが、その上は建物の屋根で覆われているらしく、空は見えない。そのために今が昼なのか夜なのか、それすらもわからなかった。

この二百石船は、かなり大きな建物にすっぽりと入っているのである。おそらく、巨大な扉を開けば、海からじかに船が入ってこられる構造になっているのではないか。

船をこの建物に入れる意味は、外から隠すためだろう。

それにしても、と綱兵衛は思った。

——わしらがかどわかされてから、いったいどのくらいの日数がたったのか。

四日ほどか……。

食事と水は、手の縛めと猿ぐつわが取られるときにもらえるから、飢えるようなことはない。大した量を食べられるわけではないから、腹は常に減っている。

今も腹が鳴ったが、そんなことはどうでもよかった。綱兵衛はここから逃げることだけを考えている。それには、手足の縛めを外さなければならない。

これまでもしつこく続けてきたその作業に、綱兵衛はまたも取りかかった。だが、不意に頭上から話し声が聞こえてきた。綱兵衛は手を止め、耳を澄ました。

船の踏立板《ふみたていた》の上で、二人がしゃべっているようだ。一人はしわがれ声で、もう一人はずいぶん低い声である。

二人がなにを話しているのか、綱兵衛にはほとんど聞き取れない。それでも、百五十両とか、値上がりなどという言葉が、かすかに耳に届いた。

なんのことだ、と綱兵衛は考えたが、わかるはずもなかった。とにかく、上の二人が胴の間に下りてくる気配はない。それを確かめて、綱兵衛はまた手を動かしはじめた。

なにが楽しいのか、しわがれ声の男が含み笑いを漏らしたのが聞こえてきた。

ずいぶんと上機嫌のようだ。

さほど長くはかからず二人の話は終わったようで、しわがれ声の男が船を去ったのが知れた。

そのあいだも綱兵衛は必死に縄をよじり、ねじり続けていた。手を縛りつけている縄を外すことに熱中していたのだ。

手がひどく痛み、しびれてもきた。血もうっすらとにじんでいる。

だが苦労の甲斐あって、徐々に手の縛めが緩んできた。いいぞ、と自分を励まし、さらに縄を緩めることに集中した。

すると、ついに縛めを外すことができた。やった、と綱兵衛は控えめに喜んだ。

手が自由になれば、足の縛めを外すのはたやすかった。猿ぐつわも難なく取れた。

手を伸ばし、綱兵衛はおさちとおきよを起こした。はっとして二人が目を覚まし、綱兵衛をまじまじと見る。

綱兵衛は自らの口に人さし指を当て、なにもしゃべらないように伝えた。その上で、二人の手足の縛めを取った。

次いで綱兵衛は、座敷牢に設けられた狭い格子戸ににじり寄った。格子戸には錠が下りており、押しても引いてもまるで動かない。

これまでも縛めをされた手で同じことを何度か繰り返してみたが、そのときと同様、びくともしなかった。

——ここ以外に、どこか逃げられそうなところはないか……。

綱兵衛は、座敷牢を囲む牢格子の角材を一本一本、頑丈《がんじよう》なものかどうか確かめていった。

「おっ、これは……」

一本の角材の根元が、海水にでもやられたのか、少しだけ腐りはじめていた。これはいけるのではないか。

力を込めて、綱兵衛はその角材を揺らし出した。やがて角材がわずかながらも、ぐらつきはじめた。

いいぞ、と綱兵衛はさらに力を入れた。横からおさちとおきよも綱兵衛と角材をじっと見ている。そのことに綱兵衛は力を得、必死に角材を動かし続けた。

やがて角材の揺れ方が大きくなってきた。もうじきだ、と綱兵衛が思ったとき、いきなりすぽんと抜けた。

やった、と綱兵衛は快哉《かいさい》を叫びたかったが、そんなことをすれば、あっという間に賊たちが駆けつけてくるだろう。

角材が一本取れただけだが、牢格子は人がくぐり抜けられそうなほどの広さになった。綱兵衛は先に出て、おさちとおきよに続くように促した。

だが、そのとき一人の男が階段を下り、胴の間に入ってきた。龕灯《がんどう》らしい物を掲げている。食事を持ってきたようだ。

こんなときに、と綱兵衛はほぞを噛んだ。座敷牢の外に立つ綱兵衛を見て、男が、あっ、と声を上げる。

──不甲斐ない自分など、もうごめんだ。

思い切って突進し、綱兵衛は男に体当たりを食らわせた。男がよろけた隙に階段を駆け上がる。ちらりと後ろを見たが、おさちとおきよは続いていなかった。

二人を見捨てたような気がして、後ろめたさが心のひだを這い上がってきたが、自分が逃げ出せば、この船のことを町奉行所に通報できる。そうすれば、おさちたちも助かるのではないか。

今は自分だけでも脱するべきだ。肚を決めて綱兵衛は船上に出た。

どこにも明かりはついておらず、建物の中はひどく暗かった。この建物の出入口はどこにあるのか。

不意に、右手に龕灯らしい明かりがきらめいた。それを見て綱兵衛はあわてて身を隠そうとしたが、明かりの動きのほうが早かった。明かりが当てられ、綱兵衛はあまりのまぶしさに手庇《てびさし》をつくった。

「あっ、きさま」

男が叫び、腰の刀を抜いた。ほぼ同時に階段を駆け上がる足音も聞こえてきた。綱兵衛が体当たりを浴びせた男が追ってきたのだ。

目の前の男が刀を八双《はっそう》に構えるや、綱兵衛に斬りかかってきた。

その斬撃をよけようと試みたが、綱兵衛はかわしきれなかった。右肩を斬られ、いきなり猛烈な痛みが襲ってきた。ううぅ、とうめき声が口から漏れる。

死ねっ、と男がさらに刀を振ってきた。その斬撃はぎりぎりでかわしたものの、その弾みで綱兵衛はもんどり打って垣立《かきたつ》を越えてしまった。

次の瞬間、背中が水面に叩きつけられ、息ができなくなった。次いで激しい痛みがやってきた。まわりが真っ白で、体がひどく冷たく重い。

あまりに苦しく、綱兵衛は悲鳴を上げそうになったが、声が出なかった。このまま呼吸ができなくなって死んでしまうのではないかと恐れたが、水中で体をよじり続けているうちに、なにかの拍子に息が通じた。

――よかった。

綱兵衛は深く呼吸をし、気力を振りしぼって体勢を立て直した。再び泳ぎはじめたが、水の冷たさと水を吸った着物の重さで、今にも体が沈んでしまいそうだ。

しかも、肩の傷から血が流れ続け、水がしみてひりひりと強烈に痛い。口に入ってくる水は、しょっぱかった。この建物は、やはり海とつながっているのだ。

どこを目指せば、外に出られるのか。どこかに出入口があるはずだ。

頭上から、逃げたぞ、捜せ、捕らえろ、いや殺せ、という怒鳴り声が重なって聞こえてきた。いくつもの龕灯の光が交差し、水面を照らし出す。

その光のおかげで、綱兵衛には建物内の波の動きが見えた。波が寄せてくるほうに出入口があるはずなのだ。

顔を上げ、綱兵衛はそちらに目を向けた。

あった。綱兵衛の顔が向いているほうに、船が出入りできるだけの大きな扉が設けられ、その下に三寸ほどの隙間があった。

見つかった、と綱兵衛は思い、さらに必死に泳いだ。槍らしい物が何本も投げ込まれた。

「いたぞ、あそこだ」

それが綱兵衛の肩や頭、腰をかすめて次々に水面に突き刺さっていく。

次の瞬間には体を貫かれるのではないかと慄《おのの》きながら、綱兵衛は水をかき続けた。

鬢《びん》をかすめるようにして、槍が水中へもぐり込んでいったのが最後だった。綱兵衛はついに扉の下を抜け出た。扉に槍が当たる音が続けざまに響く。

もう槍を投げられても命中しないことに、綱兵衛は強い安堵を覚えた。

建物の外は真っ暗で、空には多くの星が瞬いていた。波が荒く、いきなり外海に出たのが綱兵衛にはわかった。

肩からは血が流れ続けているが、痛みはまるで感じない。槍に貫かれる恐怖から逃れられたら、体を包み込む水の冷たさがいっそう募《つの》ってきた。

寒さ厳しい春の海である。長くは泳いでいられない。そんなことをすれば凍えて、死を待つだけになってしまう。

着物が重くてならなかったが、綱兵衛は必死に水をかき続けた。近くからいくつもの男の声が聞こえてきた。大勢が建物から出てきて、綱兵衛を捜しているのだ。

一つの龕灯の明かりが近くに寄ってきた。綱兵衛はすかさず息を深く吸い、水の中にもぐった。そのまま水中を泳ぎ進む。

息がこれ以上もちそうにないところまで泳いで、慎重に浮上した。大気をむさぼるように吸う。

綱兵衛は、岸から十間ほど離れたところにいるのがわかった。いくつもの龕灯の明かりが見えるが、最も近いものでも半町ばかりの距離があった。

逃げられたかもしれぬ、と少し安心したが、綱兵衛は決して油断することなく静かに泳ぎ続けた。どこか上がれる岸を見つけなければならない。早くしないと死んでしまう。着物もひどく重い。

男たちの声が次第に遠ざかっていく。それと同時に、綱兵衛は体から力が抜けつつあるのを知った。

――ああ、もうこれ以上は無理だ。泳げぬ。

気づくと、すぐそばに石垣の連なりがあった。どこかの武家屋敷のようで、石垣は延々と続いていた。海沿いに屋敷を構える大名家や旗本家は珍しくない。

これを登れるだろうか。綱兵衛は石垣に手をかけてみたものの、波で濡れている上に、苔《こけ》が生えているせいもあり、つるつるして登れない。

あきらめて、石垣を伝うように横に移動していった。滑るとはいえ、石垣というすがる物があるのはありがたかった。おかげで、少しだけ体に力が戻ってきた。

――だが、これが最後だな。本当にこれ以上、泳ぐのは無理だ。

陸に上がれる場所を探しながら、十五間ほど進んだとき、不意に石垣が切れた。取りつくものがなくなった。絶望が全身を覆い、もはや精も根も尽き果てそうになった。

もう駄目だと思ったとき、石垣が切れたところが入堀《いりほり》になっていることがわかった。

入堀は人によってつくられた堀である。この奥に行けば、上がれるところがあるのではないか。

朦朧としながら、最後の力を振り絞って泳ぎ進むと、やがて船着場らしい小さな影が見えた。

あそこからなら上がれるかもしれぬ、と綱兵衛は、わずかながらも体に力が戻ってきたのを感じた。

動こうとしない腕をなんとか動かし、船着場のそばにようやくたどりついた。船着場の柱にすがりつく。ほっとした。

──あとは、よじ登るだけだ。

だが、頭上に船着場の床板が見えているのに、どういうわけかまるで体が動かなかった。なにゆえ、と思ったが、綱を断ち切られたかのように、すべての力がそこで尽きたのが知れた。

冷え切った体から一滴残らず力が抜けてしまったのだ。もはや、一寸ですら動くだけの気力も体力も残っていなかった。

不意に震えが出て、目の前が真っ暗になった。なにも見えなくなり、綱兵衛はずるずると水中に沈んでいった。顔が水につかり、うつぶせになった。

──わしはここで死ぬのか。

どうやらそのようだ。

──よいことなど、何一つない一生であったな。ああ、おさちどのはどうしただろうか。助けてやりたかったが……。

もう水の冷たさも傷の痛みも感じない。体のどこを斬られたのか、それすらも忘れた。

──そういえば、わしは伊丹らと一杯やる約束を破ってしまったな。皆、わしのことを怒っているだろうなあ。済まぬことをしてしまった……。

これで仲間三人ともお別れか、と思ったが、綱兵衛はどうしようという気も起きなかった。こうして水に浮いていることが、ただひたすら心地よかった。

三

薄明かりが、どこからか忍び込んできた。

明け六つの鐘が打たれ、尾を引いて音色が消えていくのを、直之進はまどろみながら聞いた。

──夜が明けたか……。

壁に背中を預けていた直之進は刀を手元に引き寄せ、四半刻だけ眠ろうと決めて目を閉じた。徹夜をしたわけではなく、夜中に一刻半ばかり眠ったが、寸暇《すんか》を惜しんで少しでも眠っておかないと、やはり体が保《も》たない。

それは、経験からわかっている。少しぼんやりしているのも、そのせいだろう。

すでに岩田屋ではほとんどの奉公人が起き出したらしく、そのあわただしい物音が一日のはじまりを告げていた。

そんな中、直之進は逆に眠ろうとしたのだが、まるで寝入りばなを狙ったかのように、廊下をやってくる足音が耳を打った。

「湯瀬さま、おはようございます。入ってもよろしゅうございますか」

腰高障子越しに声をかけてきたのは、あるじの恵三である。目を開け、壁から背中を引きはがして、直之進はしゃんとした。

「もちろんだ。入ってくれ」

腰高障子が横に動き、恵三が顔をのぞかせた。失礼します、と会釈して敷居を越え、直之進の真ん前に座布団を敷いて端座した。

「湯瀬さま、おはようございます」

ややかたい顔で、恵三が改めて朝の挨拶をする。

「おはよう」

笑みを浮かべて直之進は返したが、どうかしたのか、と案じざるを得ないほど、恵三は難しげな表情をしている。

「湯瀬さま、もうじき朝餉がまいります。ちとお待ちくださいませ」

うむ、と直之進は答えた。

「湯瀬さま」

座り直した恵三が両肩を張った。

「伊丹宮三郎とかいう浪人のことでございますが……」

「伊丹がどうかしたか」

「まことに、あのまま帰してしまって、よろしかったので……」

「伊丹から話を聞いて帰したのは、一昨日の昼のことだ。おぬしは、そのことをずっと気にしておったのか」

直之進に問われて恵三が渋い顔になる。

「まことにあの浪人は、おさちの行方知れずに関わってはいないのでしょうか……」

「関わりはない」

恵三を見つめて直之進は断言した。

「湯瀬さま、なにゆえそう言い切れますか」

上目遣いに恵三がきいてきた。

「伊丹はすべて真実を語っていたからだ。伊丹の仲間の河合綱兵衛がおさちと一緒に、何者かの手によってかどわかされたのは、まずまちがいなかろう」

「はあ、さようにございますか……」

力のない声で恵三が相槌を打つ。

「行方の知れない河合のことが心配でならず、伊丹はこの店の裏手から中の様子をうかがっていた。そのとき裏口から外に出た五郎蔵たちに捕まって……。手荒い真似をしたのはこちらであるし、証拠もないのに、いつまでも伊丹をここに留め置くわけにもいくまい。むろん、町奉行所に突き出すこともできぬ」

「まあ、さようでございましょうが……」

恵三は浮かない顔つきだ。

「伊丹という あの浪人が、おさちをかどわかしていたら、どんなによかったかと思いますよ。唯一の手がかりといってよい者ですからね」

「もし伊丹がこたびの一件に関わっていたら、俺は必ず嘘を見抜いていた。先ほども申したが、あの男の言葉に嘘はなかった。おぬしは不本意であろうが、おさちの行方知れずにはまったく関わりがない男だ」

「はい、まことに残念でなりませんよ……」

落胆を隠さず、恵三がため息をついた。それよりも、と直之進は思った。肝心なのは五郎蔵の方である。

五郎蔵について詳しい話をききたかったが、そんなことをしたら、恵三はあのやくざ者を怪しむようになるだろう。恵三の態度や振る舞いが空々しいものになり、疑われていることを五郎蔵が覚るかもしれない。

恵三が今まで通りの振る舞いを続けられればよいのだが、眼前の男にそんな真似ができるとは、直之進にはとても思えない。

失礼します、と腰高障子の向こうから女中の声がかかった。

「おっ、朝餉が来たようですな」

よっこらしょ、と恵三が立ち上がった。食事が終わった頃にまた来ますよ、と暗い表情でいい置いて去っていった。

――岩田屋は、まだなにかいいたいことがあったようだな……。

直之進は心中で首を傾げた。また来るというのなら、そのときを待てばよいが、恵三の沈んだ顔つきが気になった。

「お待たせしました」

女中が直之進の前に膳を置いた。膳を見下ろすと、今朝もたくあんに味噌汁、白い飯という献立だった。

「いつも代わり映えしない食事ですみません」

直之進に向かって女中が謝った。

「いや、そなたが謝ることではない。それに、白い飯だけは食べ放題だ。俺はそれがうれしいし、ありがたくてならぬ。しかも、ここの飯はうまい」

「ありがとうございます。ではお召し上がりください」

箸を取り、直之進は食しはじめた。

おかわりをしたかったが、あまり食べすぎると動きが鈍くなる。この先なにがあるかわからない。直之進は自重した。

「湯瀬さま、おかわりはよろしいですか」

直之進が箸を置いたのを見て、女中がきいてきた。

「今日はこのくらいでよい」

「わかりました。ではお茶を……」

女中が淹れてくれた茶を、直之進は喫した。苦みと甘みがうまく調和しており、口中がすっきりした。

「かたじけない。とてもうまかった」

礼をいって直之進は湯飲みを膳に置いた。

「お粗末さまでございました。では、片づけさせていただきます」

女中が膳を持ち、出ていった。入れ替わるようにまた恵三がやってきた。

「失礼いたします」

辞儀して恵三が直之進の前に座る。まだ気が塞《ふさ》いだような顔をしていた。

「岩田屋、どうかしたのか。俺に話があるのではないか」

少し身を乗り出し、直之進は水を向けた。

「ちと申し上げにくいのですが……」

下を向き、恵三が言葉を濁した。直之進はなにもいわず、じっと待った。

恵三が唇を湿らせ、顔を上げた。

「湯瀬さま。実を申しますと、我々だけでおさちを取り返すことにいたしました。そういう事情ですので、今日で仕事は終わりということに……」

なんだと、と直之進はあっけにとられた。岩田屋はいったいなにをいっているのだ、とさすがに戸惑うしかなかった。

昨日まで恵三は直之進に頼り切りだったのに、この豹変ぶりはどうしたことか。

「岩田屋、なにがあったのだ」

直之進は問わずにいられなかった。

「いえ、なにもございません」

しれっとした顔で恵三が答えたが、表情には苦しげな色が垣間見えた。

「湯瀬さま、こちらをお持ちください。これまでこの家に詰めてくださった分のお代でございます」

鬱屈《うっくつ》を抱えたような顔つきで、恵三が袱紗《ふくさ》包《づつ》みを渡そうとする。かぶりを振り、直之進は受け取らなかった。

「それよりも、岩田屋、話してくれぬか。いったいなにがあったのだ」

恵三に身を寄せ、直之進は重ねてきいた。

「いえ、本当になにもございません」

「そんなわけはあるまい」

直之進は、恵三の膝に自らの膝がぶつかるほどまでにじり寄った。

「岩田屋、五郎蔵に、なにか吹き込まれたのだな」

「いえ、そのようなことはございません」

「いや、それしか考えられぬ」

いま五郎蔵のことを岩田屋にきいてみるか、と直之進は考えたが、やはりやめておくほうがよいと判断した。五郎蔵が後ろで糸を引いているのは、まずまちがいない。

そうである以上、いったん岩田屋を離れたほうがよいのではないか。そうすれば、自由に動けるようになる。

それに、と直之進は思った。どういうことか執拗《しつよう》に質したところで、恵三は決して本当のことはいうまい。

――岩田屋は五郎蔵の意のままになっていることに、本当に気づいておらぬのか。

そのことが不思議でならなかったが、ここは恵三の言葉に従うほうがよかろうと、直之進は思案した。

「よくわかった。こうなっては引き上げるしかあるまいな」

「ああ、申し訳ありません」

安堵したように恵三が大きく息をついた。

「湯瀬さま、これだけは受け取ってもらわねばなりません」

恵三が強い口調で、袱紗包みを改めて渡してきた。

「かたじけない」

ずしりと重みがある袱紗包みを受け取って懐にしまい入れ、直之進は立ち上がった。

「岩田屋、世話になった」

刀を手にして、直之進は部屋を出た。廊下を進んで台所を目指す。

恵三が後ろをついてきたが、なにもいうことはないらしく、黙ったままだ。

直之進が台所に行くと、五郎蔵たち数人が板の間に座り込んで食事をとっていた。むっつりとした顔の五郎蔵は直之進に一瞥をくれただけで、箸を動かしていた。

五郎蔵の胸ぐらをつかんで、きさまがおさちをかどわかしたのであろう、と問い詰めたかったが、直之進は無言で沓脱石《くつぬぎいし》の上の雪駄を履いた。勝手口を出るとき、首筋に五郎蔵の粘っこい眼差しを感じたが、振り向こうとはしなかった。足を進めて裏口の木戸を開ける。

「ありがとうございました」

木戸の際に立ち、恵三が礼を述べる。木戸を抜けた直之進は振り返って恵三を見つめた。

恵三はなにかいいたげにしているように見えたが、結局、口を開かなかった。台所から目を向けてきている五郎蔵を気にしているのか。

「では、これで」

恵三に別れを告げ、直之進は歩きはじめた。背後で木戸が閉じる音がした。

――俺がいなくなれば、事態が動くにちがいない。岩田屋から目を離すわけにはいかぬ。

仮に五郎蔵たちが下手人でない場合、何者が岩田屋を監視しているか、わからない。直之進は道を西に進み、角で立ち止まった。

すぐ近くには、少禄とおぼしき武家屋敷が何軒か寄り集まっていた。道脇に三本の松の木が並んで立っており、直之進は最も奥に立つ松の陰に身を寄せた。

少し距離があるものの、岩田屋の裏口はよく見える。ここからなら、裏口を出入りする五郎蔵たちを見逃すこともないだろうし、逆に見咎められることもなかろう。

その場に立ち、半刻ばかり岩田屋の裏口を見張っていたが、なんの動きもない。じっとしているのも退屈になってきた。

このお侍は、なにをしているんだろう、とばかりに訝《いぶか》しむような目を通行人に向けられるのも苦痛だ。下手をすると、怪しい者と見られて、武家屋敷から人が出てくるかもしれない。

面倒を起こしたくはなく、直之進は場所を変えることにした。松の木陰を離れて北へ歩き、きらきらと早春の陽射しを弾いている不忍池が見える道に来た。道を右に折れ、東へ向かう。

人通りの多い下谷広小路に出た直之進は、寛永寺の新黒門の陰に、身を寄せる。

ここからもやや距離があるとはいえ、岩田屋の表側の様子を落ち着いて眺められる。ほかにも所在なげに立っている者が何人かいるため、通行人に胡乱《うろん》な目で見られることはなさそうだ。

それから四半刻ばかり目を当てていたが、岩田屋に動きらしきものはなかった。

あるじの評判がことに悪い店ではあるが、売物の米はよい物ばかりを扱っているし、奉公人もしっかりしているからか、小売り客たちがしきりに出入りしているのも納得がいく。

——あれだけ繁盛しているにもかかわらず、岩田屋恵三という男は、なにゆえもっともっとと金をほしがるのだろう……。

人の欲に限りがないのは知っているが、ほどほどで止めておくほうが幸せではないか。

恵三は、金があればあるほど幸福だと考えているのだろうか。もしかすると、金を儲けることにのみ快楽を感じているのかもしれない。

しかし、どんなに稼いだところで、あの世に金を持っていけるわけではない。そこそこの利を得たら、それをできるだけ客や得意先に戻すようにしないと、商売というのはいずれ先細るのではないか。

誰もが利益を得られる関係が、最も望ましいと直之進は思うのだ。

恵三は今、金を稼ぐことが楽しくてならないのかもしれないが、そのうち必ず行き詰まるときが来るにちがいない。

おさちがさらわれたのは、と直之進は思った。恵三に目を覚まさせようという天の戒《いまし》めかもしれない。

――いや、さすがにそれはないな。

もし今回の一件がおさちの狂言なら、天の配剤《はいざい》といえよう。そのことも考えられないではないが、やはりあり得ない。

五郎蔵の仕業ではないか、と今のところ直之進は考えるしかない。五郎蔵たちは、おさちをかどわかしたのが伊丹たちだと決めつけて責め立てたが、あれは自分たちに疑いの目が向かないようにするための芝居だったのではあるまいか。

きっとそうだ、と直之進は確信を抱いた。五郎蔵の化けの皮を、はがさなければならない。

——それにしても、岩田屋の暗い顔はなんだったのか。俺をお払い箱にすることが、ただ心苦しかったのだろうか。迷いがあるような顔にも見えたが……。

そんなことを考えた瞬間、直之進は背後に人の気配を覚えた。むっ、とうなると同時に体を前に投げ出す。

ひゅん、と背後で風切り音がした。直之進は地面で一回転して立ち上がった。どこも斬られていないことを確かめる。

このあいだ襲われたときとまったく同じ状況だが、斬撃は前の刺客のほうが鋭かった。あのときは、足を両断されたのではないかと思ったほどだ。

眼前に、頭巾をすっぽりとかぶった侍が立っていた。刀を八双に構え、今にも斬りかかってきそうな殺気を放っていたが、どこか悔しげな目をしているのに、直之進は気づいた。

――不意を突いたにもかかわらず、やり損ねたのを残念がっているのか。ふむ、ずいぶん甘く見られたものだ。俺を殺《や》るのがどれほど難儀か、思い知らせてやろう。

これまでに、と考えて直之進は抜刀し、正眼に構えた。

――俺を狙って刺客が三人ばかり送られてきたが、こやつはそやつらの仲間であろう。やはりこのあいだは岩田屋ではなく、俺を殺そうとしていたのだな。

これで四人目か、と直之進は思った。あまりのしつこさにうんざりしたが、こやつを捕らえてすべて吐かせてやる、と決意した。

うわっ、抜いてるぜ、斬り合いだ、二人ともやる気なのか、とうわずってはいるが、どこか弾んだ声が周りから上がった。

人目にさらされることを嫌ったのか、頭巾の侍がいきなり袴の裾をひるがえして走り出した。逃がすものか、と直之進はすぐさま追いかけた。

寛永寺の広大な境内に入り込んだ侍は石畳を走り、やがて塔頭《たっちゅう》と思える寺の塀をひらりと跳び越えていった。

なんと身軽な男だ、と直之進は驚いた。さすがに跳び越えることはできず、よじ登って塀を越えた。

塔頭の境内に着地してあたりを見回すと、こぢんまりとした本堂らしい建物の横に出ているのが知れた。直之進が立っているのは白砂が広がる庭で、背の低い木々といくつかの岩が配置されていた。

春浅いとはいえ、実に美しい眺めで、こんなときでなければじっくり味わいたかった。

直之進がここに来るのを待ち構えていたのか、侍が横合いの木陰から飛び出し、斬りかかってきた。

そうだったか、とそのときになって直之進は気づいた。頭巾の侍は端《はな》からこの寺を戦いの場にしようと考え、直之進を誘ったにちがいなかった。

油断はしていなかったが、まさか侍が木陰にひそんでいるとは思わなかった。ほとんど不意打ちに近かったが、直之進は冷静に応対した。

侍が袈裟懸けに打ち下ろしてきた斬撃を、刀の腹でがっちりと受け止めた。鍔《つば》迫《ぜ》り合《あ》いになったが、直之進は体に力を込め、侍をぐいぐいと押し返して、次いで、どんと突き放した。

たたらを踏んだ侍の体がぐらりと傾く。それにつけ込んで深く踏み込み、直之進は胴払いを見舞った。

ぴっ、と音がしたのは、腹のあたりの着物が切れたからだ。うっ、と詰まったような声を発して侍が後ろに下がる。

間合を空けるのを許さず、直之進はなおも突進し、上段から刀を浴びせていった。横に動いて、侍がかわそうとする。

その動きを読んでいた直之進は刀を変化させ、逆胴に振っていった。侍がまるで忍びの如く五尺ばかりも跳躍し、直之進の斬撃をかわした。

刀を引き戻すや、直之進は間を置かずに袈裟懸けを繰り出した。侍が宙にいる隙を見逃すつもりはなかった。

宙に浮いたまま、侍が直之進の斬撃を弾き返した。直之進の手元に、刀が撥ね戻ってきた。直之進が再度、攻撃を仕掛けようとしたときには、侍はすでに着地し、刀を構えていた。

——なかなかやるな。だが俺のほうが上だ。

息をわずかに入れた直之進はすぐさま突っ込もうとしたが、横から鳥らしい物が飛来してくるのを感じ取った。

矢だ、と直之進は覚り、咄嗟《とっさ》に身を低くした。頭上ぎりぎりを矢がかすめ、背後の白砂に突き刺さった。

どこだ、と直之進は矢の放ち手を捜した。本堂の屋根の上に人影らしきものが見えた。

――なるほど、他にもひそんでおったか。

矢に狙われていては戦いにくいが、直之進は構わず、前に立つ侍に向かって突っ込むことにした。侍と近接して戦えば狙いを定められず、矢をなかなか放てないだろう。

直之進が突進すると同時に侍が踏み込んできて、右手だけで刀を突き出してきた。

突っ込みざまを突きで狙われて直之進は少し驚いたが、余裕を持って刀で払いのけた。

きん、と音が立ち、侍の刀が横に流れていく。侍の懐に隙がありありと見え、直之進は躍り込もうとした。

だが、そのとき真横から胴を払う斬撃に襲われた。なにっ、と直之進は面食らった。

また新手があらわれたのだ。

――なんと、三人目か。なんとしても俺を殺そうというのだな。

執念を感じたが、別段恐ろしさはなく、体は軽やかに動いた。横からの斬撃を、直之進は愛刀ではたき落とした。

上から激しく叩かれた男の刀が白砂にめり込む。ぱあっ、と舞い上がった白砂を横に斬り裂くように、直之進は刀を胴に振った。三人目の男の右腕に刃がすぱりと入る。

うう、とうめき声を上げ、斬られた腕をかばうように男が後ろに下がる。直之進は男にとどめを刺すつもりで動こうとしたが、それを制するように弦《つる》を弾く音がし、またしても矢が飛んできた。

矢は胸に突き立とうとしていたが、直之進はさっと体を開いた。着物をかすめて通り過ぎた矢は、またも白砂に刺さった。

直之進の体勢が崩れたとみたか、背後から頭巾の侍が斬りかかってきた。直之進は思い切ってその場にしゃがみ込み、頭巾の侍がどこにいるのか勘だけで狙いをつけて刀を右手一本で振り上げた。

着物だけでなく、肉を斬った手応えが伝わってきた。あっ、と狼狽《ろうばい》した声を上げ、頭巾の侍がよろよろと後ずさるのが目の端に入った。

体を起こした直之進は刀を八双に構えると、躍りかかった。容赦なく刀を振り下ろしていったが、頭巾の侍がかろうじて刀で弾いてみせた。

だが直之進の斬撃をまともに受け、腰が砕けて尻餅《しりもち》をついた。頭巾の目が恐怖に大きく見開かれる。

――このような目をするとは、ろくに覚悟もないまま俺を殺しに来たか。

直之進は頭巾の侍の息の根を止めるつもりで刀を振ろうとしたが、仲間を救うつもりなのだろう、再び矢が放たれた。

それをよけるや直之進は腰の脇差を抜き、本堂の屋根に向かって投げつけた。放ち手を狙ったのだが、脇差は弓に当たったようだ。ぶん、と大きな音がしたのは、弓の弦が切れたからだろう。

その弾みで回転した脇差は放ち手の背後の破風《はふ》にぶつかって跳ね返り、弧を描いて庭にぽとりと落ちた。

――これで三人とも戦えなくしたか。

尻餅をついていた頭巾の侍は、すでに逃げ去っていた。傷口から滴り落ちた血が白砂を点々と汚している。

直之進に腕を斬られた男もいなくなっていた。本堂の屋根からも人影が消えている。

——終わったか……。

だが、ほっとする間もなく背後に人が立ったのがわかった。四人目があらわれたのだ。

——しつこいな。

背後から振り下ろされた斬撃を直之進は横に動いてやり過ごし、刀を正眼に構えた。

この男も頭巾をかぶっていた。眼光が異様に鋭いが、直之進にはなんの脅しにもならなかった。

——今までで最も遣えそうだが……。

五人目がいるかもしれぬな、と思いつつ直之進は男に向かって突っ込んだ。男が袈裟懸けに刀を振り下ろしてきた。速い振りだったが、直之進にはよく見えていた。力を込めて愛刀で打ち返した。

男の刀が横に流れていく。だが、逆側から斬撃がやってきた。五人目があらわれたか、と思ったが、そうではなかった。つまり男は、左手にも得物《えもの》を持っていたのだ。

直之進は頭を下げることで、迫ってきた斬撃をよけた。

――ほう、二刀流か。

小癪《こしやく》な真似を、と直之進は思った。だが、男は彼《か》の宮本武蔵ほどの遣い手ではない。

地を蹴った直之進は男を間合に入れるや、刀を逆胴に払った。

男が、左手の脇差で直之進の斬撃を受け止めようとした。

直之進は斬撃に変化を加え、脇差に当たらないように刀を鋭く動かした。

あっ、と声を上げた男が右手に持った刀で、直之進の斬撃をあわてて打ち返そうとする。

二刀流というのは、どちらの手で刀を握っても自在に動かせるようになるのが極意だと、直之進は前に聞いたことがある。

残念ながら、男はそこまでの境地に達していないようだ。右手の動きが遅れたために、直之進の斬撃を弾き返すだけの勢いと力がなかった。

直之進は、容赦なく男の刀を上から叩いていった。

びきん、と妙な音がして、その直後、男の刀が地面をしたたかに打った。

すかさず直之進は刀を振り上げ、男の首を頭巾ごと刎《は》ねようとした。

びびびっ、と直之進の刀が頭巾を裂いた音が響いた。男がぎりぎりでかわしてみせたために、斬撃は首には届かなかった。

だが、直之進のすさまじいまでの手練ぶりに恐れおののいたか、下にずり落ちそうになる頭巾を押さえつつ男が勢いよく体を返し、だっと駆けはじめた。

──逃がすか。

直之進は、すぐさまあとを追った。

だがこの侍も、他の侍に劣らず身軽だった。塔頭の塀をあっさりと越えていったのだ。

直之進が最初の塀をなんとか乗り越えたとき、すでに別の塔頭の塀を跳び越えようとしていた。

しかも塀を越えた拍子に、直之進は懐から袱紗包みを取り落としてしまった。あっ、と思ってすぐに拾い上げ、男のほうに目を向けた。だが、そのときには男の姿は見えなくなっていた。

もはや追いつけぬな、とあきらめるしかなかった。

直之進は袱紗包みを懐にしまい入れようとしたが、おや、と声を発した。袱紗包みから、紙片がのぞいているのに気づいた。

「なんだ、これは」

袱紗包みから紙片を出してみた。

「文ではないか。これは岩田屋が書いたものか……」

首をひねりつつも直之進はすぐさま開き、文面に目を落とした。

『賊よりつなぎあり　今晩九つ　根津権現《ねづごんげん》にて三千両受け渡し　用心棒を追い出せとの由』

文には、こんなことが書いてあった。おさちをかどわかした賊の命を呑みながらも、恵三は密かに直之進を頼っているのだ。

——二通目の文が来ていたのか。俺を追い出したのは、五郎蔵の指示ではなかったのだな。

だからといって、この文が五郎蔵潔白の証にはならない。

直之進は、ふう、と大きく息をついた。ここは倉田の助勢を乞《こ》うほうがよいな、と判断し、いったん秀士館に戻ることにした。

四

急ぎ秀士館に戻ってきた直之進は、佐之助の姿を捜した。すぐに見つかった。

佐之助は炊き出しの場にいた。

「湯瀬、岩田屋の仕事はどうしたのだ」

近寄ってきた直之進の姿を見て、佐之助が不思議そうにきいてきた。

懐から文を取り出し、直之進は佐之助に渡した。その上で、どういうことなのか説明を加えた。

「ほう、ついに身代の受け渡しまで、ことは進んだか」

文を一読して佐之助がいった。

「ああ。二通目の文がようやく届いたのだ。それで倉田、おぬしに助太刀を願いたいのだが、やってくれるか」

「いわれずとも手を貸す気でいた」

当然だという顔で佐之助が快諾した。

「ありがたし」

直之進は笑顔で感謝の意を述べた。佐之助に向かって両手を合わせたいくらいだ。

「そうだ、湯瀬」

佐之助が、なにか思い出したような顔つきになった。

「きさまは、因州屋という材木問屋を知っているか」

「因州屋……。知らぬな。倉田、その材木問屋がどうかしたのか」

「実は一昨日、因州屋の主人と手代が館長を訪ねてきてな」

「ほう、材木問屋が館長をな。なんの用だったのだ」

「それがわからぬ。内々の話ということで、用件は秘密にされた」

「それは気になるが、倉田が案ずるようなことなのか」

直之進にきかれて佐之助が眉根を寄せた。

「因州屋の来訪を館長に取り次いだのは俺だが、そのとき館長がずいぶんかたい顔をしていた。あのような面立ちを見るのは初めてだから、気になってな」

「倉田は因州屋のことを調べたいのか」

「そのつもりでいるのだが、まだ手をつけておらぬ」

「そうか。炊き出しとか、いろいろとしなければならぬ用があるものな」

「折を見て調べてみるつもりだ」

「俺も手伝おう」

「いや、よい」

佐之助があっさりとかぶりを振った。

「米田屋にも断りを入れた。それゆえ、きさまにも頼めぬ」

米田屋だと、と直之進は思った。

「琢ノ介がここに来たのか」

「公儀の御蔵普請が決まったらしく、大火で焼け出された者たちを雇いたいのだそうだ。その許しを館長にもらいに来たのだ」

「別に、館長の許しはいらぬのではないか」

「それは俺も思ったが、米田屋は慎重なのであろう。なんら関わりがないと思えることでも、前もって筋を通しておけば、いらぬ悶着《もんちゃく》を避けられるゆえな」

「確かにその通りだな。ところで、御蔵普請がどこの大名家に決まったか、琢ノ介は話しておったか」

ああ、と佐之助が少し暗い顔でうなずいた。その表情を見て、直之進は高山家が命じられたことを覚った。

「高山家は御蔵普請を受けられるのか」

佐之助を見つめ、直之進はつぶやくようにいった。

「受けられるもなにも、受けるしかあるまい」

「確かにそうだな。だが倉田、まるで高山家が受けたことを知っておるような顔つきをしておるぞ」

「わかるか」

「もちろんだ」

なにゆえ知っているのか、その説明を佐之助がしてみせる。

「なんだと」

聞き終えた直之進は驚きの声を発した。

「一昨日の夜、猿の儀介があらわれ、湯島の神辺屋という骨董商を襲ったというのか」

「猿の儀介は神辺屋から二千両を奪ったのだが、きさまはそのことを知らなんだか」

「知らなかった。岩田屋も聞いておらぬようだな」

「岩田屋は、娘のことで頭が一杯であろう。猿の儀介が再びあらわれたことを知らぬのも、無理はない」

「倉田はなにゆえ知っている」

直之進は鋭い口調でたずねた。

「猿の儀介が神辺屋から金を盗み出すところをじかに見たからだ」

「やはりそうだったか」

「やはり、か」

佐之助が苦笑いを見せる。

「米田屋から御蔵普請の件を聞いて猿の儀介が動き出すのではないかと察し、俺はその晩、高山家の上屋敷を張っていたのだ」

「そうしたら、猿の儀介があらわれたのか」

「塀を身軽に乗り越えてな。俺は猿の儀介のあとをつけていった。警固してやろうという思いもあった。捕手に捕まるのは、あまりにかわいそうだからな」

「それで、猿の儀介は神辺屋から二千両を奪ったのか。その二千両があれば、御蔵普請をやれるのか」

「猿の儀介がこれまで盗んだ金は、合わせて一万両。そのうち数百両を庶民にばら撒いている。まだ足りぬやもしれぬな」

唇を嚙んで佐之助が首を横に振った。

「では、猿の儀介はまだ盗人ばたらきをするつもりか」

「やらざるを得ぬだろう」

「いつやるのだ」

「さあて、今宵あたりかもしれぬな」

それを聞いて、直之進は暗澹《あんたん》とした。

「今宵か……」

「おさちの身代の取引があるのだったな」

「倉田、おぬしは猿の儀介の警固についても構わぬぞ」

「いや、今はおさちを救い出すことのほうが大事だ」

そのとき佐之助がちらりと目を動かした。

「あれは樺山ではないか」

いわれて直之進もそちらを見た。黒羽織を着た男がちょうど門を抜けてきたところだった。確かに富士太郎である。

珍しく誰も連れていない。すでに直之進と佐之助がそこにいることに気づいたようで、まっすぐこちらに向かってくる。

「直之進さん、倉田どの、こんにちは」

間近まで来た富士太郎が明るい声で挨拶してきた。直之進と佐之助は返した。

「富士太郎さん、一人か」

「ええ。珠吉と伊助には品川まで出張《でば》ってもらっています」

「品川に……。品川でなにか手がかりをつかめたのか」

富士太郎がわけを説明する。

「えっ、人さらいが江戸を跳梁しているのか。ならば、おさちもその人さらいにさらわれたことになるのか」

「まだわかりません」

少し渋い顔で富士太郎が否定する。

「こちらに来る前に岩田屋に寄ったのですが、『お役人にお話しすることなどありません。商売の邪魔です、お帰りください』と、けんもほろろに追い払われましてね」

頭をかき、富士太郎が苦笑する。

「直之進さんに会いに来たのだと岩田屋にいったら、馘《くび》にしたからどこにいるか知らないみたいなことをいわれたので、馘ってどういうことだろうと思ってこちらに来ました。人さらいの話もしたかったですし」

「俺がなにゆえ岩田屋からお払い箱になったかというとな……」

わけを語り、直之進は恵三からの文を富士太郎に渡した。受け取った富士太郎が、むさぼるように文を読む。

「なんと、おさちの身代の受け渡しが今夜行われるのですか」

文から目を離して、富士太郎が驚愕の表情になった。富士太郎から返された文をたたみ、直之進は懐にしまった。

「もしおさちたちの行方知れずに、人さらいの一味が絡んでいるのなら、文をよこしたのはその者どもということになるな」

「人さらいの一味ですが、これまで数え切れないほど大勢の娘をかどわかしているようです。南蛮に運んでいくという話もあるようですが、まさか身代を要求してくるとは……」

「人さらい一味とは別の者が、おさちたちをかどわかしたのかもしれぬ」

「十分にあり得ますね」

間髪を容れずに富士太郎は相槌を打った。

「そう考えれば、身代を求めてきたのもうなずけます」

「だが、それは辻褄が合わぬのではないか」

それまで黙っていた佐之助が口を挟んだ。

「人さらいの一味が跳梁しているとき、おさちがほかの者にかどわかされたとは、どうにも考えにくい」

「富士太郎さん、確かおきよの家も商売をしていたな」

　直之進は富士太郎にきいた。

「ええ、椎名屋という上野黒門町の炭問屋です。それがしは岩田屋に寄る前に、様子を見に椎名屋にも行ってみましたが、別段、変わったところはありませんでした。賊から身代を請う文は来ていないと思います。もし来ているとしたら、あるじの満吉は岩田屋同様、それがしを門前払いするのではないでしょうか」

「そうか、おきよの家には身代をよこせという文は来ておらぬのか……」

　口をかたく閉じ、直之進は腕組みをした。

「おさちのところにだけというのは、倉田がいう通り、おかしいな」

　直之進は、五郎蔵というやくざ者が怪しいと思っていると富士太郎と佐之助に告げた。

「おさちのかどわかしは、その五郎蔵というやくざ者の仕業だと湯瀬はいうのか」

「いや、正直いえば、よくわからぬ。五郎蔵のことがただ気に入らぬゆえ、そう思うてしまうだけかもしれぬ」

「とにかく、今宵の九つに根津権現において取引が行われるのだな。そこを押さえれば、下手人が誰かはっきりするな」

「根津権現にはそれがしもまいります」

胸を張り、富士太郎が申し出た。

「できれば俺と湯瀬だけで行きたいが、俺たちが樺山を止めることなどできぬな」

「倉田どのがおっしゃるように、止められてもそれがしはまいります」

「きさまの性格では、そうだろうな。しかし樺山、来るのはよいが、寺社奉行の許しが要るのではないのか。でなければ、町方は寺社の境内で捕物などできまい」

「取ってまいります」

富士太郎がその場を離れようとしたが、すぐにとどまった。

「ああ、忘れておりました。また猿の儀介があらわれましたよ」

まったく驚かない直之進と佐之助を見て、富士太郎が合点《がてん》のいった顔つきになった。

「お二人は、もうご存じだったのですね」

「ああ、知っていた」

正直に佐之助が答えた。

「樺山はどうするつもりだ。おぬし、猿の儀介の正体を知っておろう。捕らえるのか」

「捕らえます」

決意を露わに富士太郎がいった。

「盗んだ相手が悪徳商人だろうと、やはり盗みは犯罪です。罪を犯した者が大名であれ、どんな事情があろうと、捕らえなければなりません」

「だが、大名屋敷に踏み込むわけにもいかぬだろう」

「その通りです。ですから、盗みをはたらいた現場を押さえるしかありません」

「押さえられるか」

「やってみますよ」

微笑して富士太郎が請け合った。

「では、これからお奉行の曲田さまにお目にかかってきます」

曲田が寺社奉行に連絡し、張り込みの許しをもらうのだろう。

「では、これで失礼します」

丁寧に頭を下げ、富士太郎が門に向かって歩きはじめる。

それにしても、と佐之助が富士太郎の後ろ姿を見送ってつぶやいた。

「猿の儀介も手強いのを敵に回したものだ」

「まったくだな」

直之進も佐之助の言葉にうなずいた。

「樺山に捕まる前に、高山家に御蔵普請の御用金が貯まってしまえばよいのだが……」

それについても、直之進は佐之助に同意した。それこそが、すべてが丸くおさまる方法のように思えたからだ。

五

四つの鐘が鳴った。

それを潮に、高山義之介は寝床からむくりと起き上がった。

寝間着を静かに脱ぎ捨て、箱から取り出した黒装束を身につける。寝間着を箱にしまってから、宿直が控えていない方の腰高障子を音もなく開け、屋内を走る廊下に出た。腰高障子を閉める。

そこから、いつもの経路をたどって上屋敷内の塀際まで来た。

ただし、今日は頭陀袋を持っていく必要はない。金を盗むわけではないからだ。

塀際にうずくまり、義之介は外の気配をうかがった。湯瀬直之進の友垣とおぼしき男は、今夜もこの屋敷を張っているのだろうか。

おらぬのではないか、と義之介は思った。なんとなくそんな気がする。

――毎夜、この屋敷を張れるほど、あの男も暇ではなかろう。

誰もおらぬ、と判断した義之介は塀をひらりと越え、人けのない道に飛び降りた。闇に紛れ、今夜の的としている岩田屋を目指す。

高山家の上屋敷は三味線堀にあり、岩田屋は上野北大門町にある。距離はせいぜい十町ほどであろう。

四半刻の半分もかからず、義之介は上野北大門町に入った。ここまでは誰とも会わなかった。

すぐに岩田屋には近寄らず、義之介は天水桶《てんすいおけ》の陰にしゃがみ込み、あたりの気配を嗅いでみた。

別段、剣呑な気は漂っていないように思えた。ただし、この界隈が平穏という感じでもない。どこからか、わずかに殺気立った風が吹き寄せているように感じた。

ふむ、と心の中で義之介はつぶやいた。

――この近くで、なにかが起きているようだな。

なにが起きているのか、そこまではわからない。闇が特に濃いところを選びつつ、義之介は慎重に岩田屋に近づいていった。

気配をうかがいながら路地を入り、岩田屋の横手に立った。高い塀越しに中の様子をうかがった。

なにやら騒がしい。

さきほどの殺気立った風は、岩田屋から発せられていたのだ。

――岩田屋になにがあったというのだ。

四つをとうに過ぎたこんな刻限に、奉公人たちがまだ起きている。人がしきりに行き交う足音が、義之介の耳に届く。岩田屋はまるで落ち着きがなかった。

悪名高い米問屋だけに、夜遅くまで奉公人をこき使っていても不思議はないが、この騒がしさは、なにかがちがうような気がした。

中の者たちが、ひどく高ぶっているように感じられた。

――なにゆえ、このように殺気立っているのか……。

義之介には、わけがわからない。

――さて、どうするか。忍び込むか。それとも、今宵はやめておくか。

こんな妙な晩はなにが起きるか、知れたものではない。なにもせず、さっさと引き上げるのが賢明だろう。

それでも、義之介は、すぐさま岩田屋をあとにしようという気にはならなかった。この騒がしさのわけを確かめたい。もう少し様子をみることにした。

今夜は風がなく、どこか暖かさすら覚える。空には雲がかかり、星は一つも見えない。今にも雨が降りそうで、髪が少しべたつく。

塀の向こうの気配を嗅いだ。

――よし、今なら誰もおらぬ。行ってみよう。

その場で跳躍し、義之介は高い塀をひらりと越えて、岩田屋の敷地に降り立った。義之介が忍び入ってきたことに気づいた者は、一人としていないようだ。

少し進んで、義之介は母屋の外壁に身を寄せ、しゃがみ込んだ。目を閉じ、岩田屋の中の様子をうかがい続ける。

四半刻以上もじっとし、そこから動かなかった。刻限は、四つ半を過ぎたであろうか。

そんな刻限になっても、岩田屋の中は寝静まる気配がない。

どういうことだ、と義之介はいぶかった。じっとしているのにも、だんだん飽きてきた。節々《ふしぶし》も痛くなってきている。気持ちがすでに焦《じ》れてきていた。

――かまうものか。

えいっ、と心で気合をかけて跳び上がるや、義之介は庇の上に上がり、さらに屋根にのぼった。屋根の瓦を三枚ばかりはがし、そこから母屋の中に入り込んだ。

暗い天井裏を這い進み、いくつもの蜘蛛《くも》の巣を破って、特に騒がしいと思える場所までやってきた。

天井板を外し、下の様子を見た。そこは、竈がいくつかしつらえられた台所だった。

台所には行灯がいくつも置かれていて、だいぶ明るかった。

竈のそばに、見覚えのある男が立っていた。あるじの恵三である。

そのかたわらに、恵三の手下をつとめているとおぼしきやくざ者が、六人ばかり突っ立っていた。

おや、と義之介は胸中で声を出した。台所の外に、大八車が置いてあるのが目に入ったのだ。こんな夜遅くに、あれになにか積むつもりなのか。

なにをする気だろうと見守っていると、やがて別のやくざ者が三人、奥から姿をあらわした。驚いたことに三人とも、千両箱を抱え込むように運んでいた。

他のやくざ者がすぐさま手伝い、大八車に千両箱を積みはじめた。こんな刻限に三千両もの金を大八車で運ぼうというのか。

いったいどんなわけがあるのだろう、と義之介は首をひねった。

――悪事で稼いだ裏金だろうか。

最後に筵《むしろ》がかけられ、千両箱が落ちないように縄できつく縛りつけている。

恵三ともう一人の手代らしい男が、大八車に近寄った。どうやらその二人で三千両を運ぶつもりらしい。

あの三千両がほしい、と義之介は飢《かつ》えるように思った。あれだけの金があれば、御蔵普請のための不足分はすべてまかなえる。いや、つりが来るくらいである。

だが、今夜はあきらめるほかない。岩田屋に来たのは、金を盗むのが目的ではないからだ。

――ほしいのは帳面だ。

金がなにより大事だという岩田屋のことである。堀江信濃守へのこれまでの上納金を、すべて帳面に控えているはずなのだ。

悪名高い岩田屋と結託《けったく》して米の値上げを企み、その利を懐に入れている証拠をつかめば、堀江信濃守の弱みを一つ握ることができる。結城和泉守は、義之介にそう耳打ちしてきたのである。

弱みを次々に握り、堀江信濃守の悪事の証拠を積み上げた上で、結城和泉守はその事実を将軍に伝えるつもりでいるようだ。

今の将軍は、正義の心がとても強いといわれている。結城和泉守から渡された帳面に目を通し、米の値上げに絡んだ不正など悪事の数々を目の当たりにすれば、堀江信濃守は将軍の信を失い、あっという間に失脚するはずだ。そう結城和泉守は読んでいるのである。

義之介は、証拠となるその帳面をなんとしても手に入れるつもりだ。

本当は、御蔵普請のための資金を一刻も早く調達したかったが、結城和泉守の意向をいつまでも無視するわけにはいかない。神辺屋から二千両を奪ったばかりでもあり、少しほとぼりを冷ましてから新たに盗みを行うほうがよいのではないかと判断し、義之介は今夜、岩田屋にやってきたのだ。

九つまであと四半刻もないのではないか。その頃になって、ついに恵三と手代が大八車に取りついた。手代が梶棒《かじぼう》の枠内に入って支木《しもく》を握り、恵三が後ろから押していくようだ。

しばらく様子をうかがっていると、裏口の木戸が開けられ、そこを大八車が通り抜ける気配がした。恵三は戻ってこない。

この絶好の機会を逃すわけにはいかぬ、と義之介は思った。恵三は、おそらく自分の部屋に帳面を置いているはずだ。

恵三が部屋にいないのなら、盗み出すのはたやすい。

まさか、これほどの機会に恵まれようとは夢にも思わなかった。

――天が盗めといっているのだ。

今宵忍び込むことにして本当によかった、と義之介は自らの幸運を心の底から喜んだ。

六

上野北大門町から根津権現まで、半里もないだろう。岩田屋を出れば、四半刻ほどで着くはずである。

直之進と佐之助は、広大な根津権現の境内の東側と西側に分かれて、別々に張り込んでいる。

近くには富士太郎たちもひそんでいるはずだが、どこにいるのか、直之進にもわからない。つまり、うまく身を隠しているということだ。

さすがだな、と直之進は感心せざるを得なかった。やはり富士太郎たち町方の者は、張り込みに長《た》けており、場数も相当踏んでいるのだ。

賊を捕らえるために五郎蔵たちもこの近くにひそんでいるはずだが、その気配もまったく感じない。富士太郎たちとはちがい、ここに五郎蔵たちがいないからではないか。これこそ、おさちをかどわかした賊が五郎蔵たちだという証ではあるまいか、と直之進は思った。

賊が賊を捕らえようとするわけがないのだ。

根津門前町には、多くの飲み屋が軒を連ねている。深夜だが、まだ明かりを灯している飲み屋は少なくない。

酔客の笑い声や大声がときおり、夜のしじまを裂いて聞こえてくる。

もうじき九つと思えるが、岩田屋の者とおぼしき影は見えてこない。

やがて九つの鐘が鳴り、夜空に荘厳な音が響いていった。最後の鐘の音が、尾を引いて流れ、消えていく。

しかし、相変わらずあたりに岩田屋の者がやってくる気配はない。

なにかあったのか、と直之進が首を傾げたとき、なにやら木のきしむような音が聞こえてきた。あれは、と期待を込めて、直之進はそちらに目をやった。

暗闇の中に、ぽつりと提灯《ちょうちん》の光があらわれた。提灯は大八車の支木に提げられている。

あれだ、と直之進は思い、これからが肝心だぞ、と自らに気合を入れた。

大八車を引いているのは手代のようだ。恵三が後ろからそれを押しているのだろう。

――うむ、まちがいない。

あるじ自ら取引の場にやってきたのは、岩田屋が運ぶようにと、賊から名指しされたゆえだろう。

　恵三たちは、三千両をどこに運ぶつもりなのか。それについても、賊からの指示がすでにあるはずだ。

　大きな鳥居をくぐり、大八車がゆっくりと境内を進んでいく。楼門《ろうもん》の前に来たところで、恵三が小さく声を出した。

「ここでいいよ」

はい、と手代が震え声で大八車を引くのをやめた。どうやら、楼門の前で止まるように、賊から命があったようだ。

　大八車の提灯が手代によって吹き消された。あたりが真っ暗になる。根津権現のどこにも明かりは灯されていない。

　直之進は闇に紛れ、杉の大木の陰に身を寄せた。そのまま身じろぎ一つせず、じっとあたりの様子をうかがった。

　なにも起きることなく、半刻ほどのときが流れていった。

　その場に立つ恵三と手代は、ここに来た当初はいかにも不安そうだったが、なにもないままにときがたつにつれて、いぶかしさを覚えるようになったようだ。

　ずっと無言だった手代が、誰も来ませんねえ、と小声でいった。恵三も、まさかだまされたのではないだろうね、などとつぶやいた。

しかし、まるで二人が口を開くのを待っていたかのように、不意に楼門の陰から数人の男が姿をあらわした。あたりは闇に覆われているというのに、ご丁寧にほっかむりをしていた。数えてみると、全部で六人いた。

――ほう、あんなところにひそんでおったのか……。

迂闊なことに直之進は気づかなかった。男たちが知った顔かどうか、闇の中で見定めようとしたが、はっきりとはわからなかった。ただ、やくざ者のような形をしているのだけは見えた。

――あの中に五郎蔵はおらぬか。

姿が似ている者が一人いたが、それが五郎蔵だとはさすがに断言できなかった。さらに、おさちらしき者がいないか目をこらすが、全員が男のようだった。

六人は、無言で恵三と手代に近づいていく。恵三と手代が恐怖におののいたのが知れた。

どん、という音がし、手代が地面に横倒しになった。刃物で刺されたのではなく、当身を食らったようだ。

次いで恵三も同じ目に遭わされた。恵三は膝を突いて、うつぶせになった。

二人とも気を失ったらしく、身じろき一つしない。

直之進が見守っているうちに、さらに仲間とおぼしき三人の影が楼門の陰からあらわれた。その三人もほっかむりをした男のようだった。

そのうちの一人が大八車の筵をめくった。大八車には三つの千両箱が積んである。

男たちは、その場で千両箱を開けた。三つとも中に小判がちゃんと入っているかどうか、確認しているようだ。

どうやら偽物などではなかったようで、満足げな息を一人が漏らした。気を失っている恵三と手代をその場に残し、九人の男は提灯が消えたままの大八車を引いて、根津権現の境内を出ていった。

男たちに気づかれるわけにはいかず、距離を置いて直之進はそのあとを尾《つ》けていった。

途中、横合いの木陰から佐之助が姿をあらわし、直之進にうなずきかけてきた。直之進もうなずきを返した。

男たちの行く先におさちがいるものとにらみ、直之進と佐之助は音もなく追っていった。

ためらいのない歩調で道を進んだ男たちは、大川に架かる吾妻橋《あずまばし》を渡り、東岸に出た。大川沿いの道を北上し、向島《むこうじま》に入った。

三囲《みめぐり》神社、長命寺《ちようめいじ》と過ぎ、男たちは須崎村《すさきむら》に足を踏み入れた。白鬚《しらひげ》の渡しの手前で、大八車が止まる
——なにゆえあそこで……。

じっと見ているうちに、どうやら大川の流れが入り込み、そのあたりが入江のような地形になっているのがわかった。

「船がいるな」

蚊の羽音よりも小さな声で佐之助がいった。

「確かに……」

直之進の目にも、入江に一艘の船が停泊しているのが見えた。

「屋形船のようだが……」

「ああ、屋形船だ」

顎を引いて佐之助が認めた。

「あの船におさちがいるのかな」

直之進は佐之助に語りかけた。

「いるはずだ。あやつらが、まことにおさちをかどわかした下手人ならな」

大八車についていた男たちのうち、二人が土手を下り、声をかけて屋形船に入っていったのが知れた。

「湯瀬、行くぞ」

「うむ」

言葉少なく直之進は答えた。

直之進と佐之助は土手道ではなく、その下を歩いて大八車に近づいていった。三千両を守るためにそこに残っていた男は全部で七人だ。いずれも、まだほっかむりをしていた。

土手を上がった直之進と佐之助はその七人を背後から襲い、まったく音を立てることなく叩きのめしていった。まるで歯ごたえのない連中だった。

直之進と佐之助は再び土手を下り、屋形船に忍び寄って中の様子をうかがった。船の艫《とも》には船頭らしき者はいなかった。船を操れる者が賊どもの中にいるのだろう。

船の中にいるのは、岩田屋に出入りしている五郎蔵とその親分のようだ。

――やはり五郎蔵たちの仕業だったか。

ほかにも、先ほど大八車を離れた二人の男がそばに控えているのがわかった。

直之進と佐之助がそこにいることにまるで気づかず、親分と五郎蔵は酒を飲みながら上機嫌で話をしていた。

「岩田屋め、いい気味ですぜ」

五郎蔵がいかにもうれしげにいった声が、直之進の耳に届いた。

「まったくだ」

親分らしい男が、がはは、と下品な笑い声を上げた。

「親分、いくらなんでも岩田屋はせこすぎますよねえ」

「ああ、本当だな。だから、こんな目に遭うんだ」

「あっしらがどんなに汚れ仕事をやったところで、給銀《きゅうぎん》は雀の涙ですものね。あんなに儲けているんだから、もっとくれれば、あっしらもこんな真似をせずに済んだんですよ」

「その通りだ」

酒を飲んだらしく、親分が舌鼓《したつづみ》を打つ。

「わしらが、給銀が少ないことに不満を抱いていることは岩田屋も知っていたはずだが、なにもしなかったからな。けちは身を滅ぼす元だぜ」

どうすればけちな恵三から金をせしめられるか、五郎蔵やその親分は前からひたすら考えていたらしい。

——それで、おさちをかどわかしたというのか……。

しかし、それではあまりに無謀な企てとしかいいようがないのではないか。人をさらえば死罪だってあり得るのだ。

捕まれば、少なくとも遠島だろう。直之進には、とても正気の沙汰とは思えなかった。

——しかし中におさちの気配はないな。

おさちはこの船ではなく、どこか別の場所に閉じ込められているのかもしれなかった。

「湯瀬、そろそろやるか」

密やかな声で佐之助が話しかけてきた。

「うむ」

まず佐之助が屋形船の障子を蹴り倒した。うわっ、と五郎蔵と親分が同時に声を上げた。佐之助が船内に躍り込む。遅れじと直之進も踏み込んだ。

「てめえ」

直之進を見つめて五郎蔵がすごむ。

「五郎蔵、年貢の納め時だ」

直之進は、五郎蔵の顔を拳で思い切り殴りつけた。五郎蔵が、ああ、と情けない声を出して倒れ込んだ。

それを見て親分があわてて立ち上がり、外へ逃げようとする。直之進は首筋に手刀《てがたな》を浴びせた。

支えを失ったかのように、親分が前のめりに床の上に倒れた。あっさりと気絶したようで、ぴくりともしなかった。

船には、一家の用心棒らしい男がいた。気配をまったく感じなかったのは、いびきもかかずに眠っていたからのようだ。

のそりと立ち上がった用心棒は、なかなか強そうに見えた。

「俺が相手をする」

力がありあまっているらしく、佐之助が前に出た。

「なめた口を」

佐之助をにらみつけ、用心棒が舌なめずりをする。しかし結局は佐之助の相手ではなかった。あっさりと峰打ちを左肩に受け、用心棒はもんどり打って倒れたからだ。

佐之助が用心棒の相手をしているあいだ、直之進は他の子分たちが逃げないように気を配り続けた。

——やはりおさちがおらぬな。

直之進は五郎蔵に活《かっ》を入れ、起こした。

「おい、おさちはどこにいる」

「ここにはいません」

畏《おそ》れ入ったような顔で、五郎蔵がいい募る。

「ならばどこにいる」

「いえ、どこにもいません」

「きさま、なにをいっている。痛い目に遭いたいのか」

直之進がすごむと、五郎蔵がぶるぶると首を横に振った。

「あっしらは、岩田屋の娘をかどわかしてなどいません」

「なんだと」

「本当です」

必死の表情で五郎蔵が弁解する。

「岩田屋の娘がかどわかされたと知って、あっしらで身代をせしめようと思って、こんなことをしただけなんです」

だから、と直之進は思った。

——俺のことが邪魔でならず、出ていってほしいと願ったのか。岩田屋から渡された文には、用心棒は追い出せ、と書いてあったが。

直之進には、五郎蔵が嘘をついているようには見えなかった。

「直之進さん、倉田どの、捕まえてくれましたね」

富士太郎が姿を見せ、船に入ってきた。

「富士太郎さん、俺たちがこやつらを捕らえるのをどこかで眺めていたのか」

富士太郎がにこりとする。

「さようです。お二人に任せておけば、敵味方双方に死人が出ないと思ったものですから」

「高みの見物か、いい考えだ」

富士太郎を見つめて佐之助が褒めた。

富士太郎のあとに珠吉と伊助も船に乗り込んできた。その二人が五郎蔵と親分、用心棒、子分たちに縛めをした。

「よし、戻るか」

伊助が大八車の梶棒内に入った。直之進たちは五郎蔵たちを引っ立ててまず根津権現に戻った。

驚いたことに、恵三と手代はまだ気を失っていた。こんなに寒いところで寝ていたら、凍え死にしてしまう。直之進たちは恵三と手代を起こした。

「あっ、湯瀬さま。来てくださいましたか。お金はどうなりましたか」

「金の心配より、まず真っ先におさちのことではないのか」

「ああ、さようでございました。娘はどこにいますか。無事でございますか」

ため息をついて直之進は顚末《てんまつ》を語った。

「ああ、三千両は無事でございますか」

そのことを聞いて恵三が喜んだが、おさちがいないことに表情が沈んだ。

「あの、どうしておさちがいないのでございますか」

「多分、別の者にかどわかされたのだろう。人さらいの一味が跳梁しているようだ」

「ええっ。なんということだ……」

恵三が絶句したが、すぐに五郎蔵たちを見据えた。

「五郎蔵」

呼んで、ずかずかと恵三が近づく。

「娘をどこにやった」

「いえ、あっしらはお嬢さんをかどわかしてなど、いませんので」

「嘘をつくんじゃないよ」

恵三が五郎蔵に張り手を飛ばした。ばしっ、と音がし、五郎蔵がよろける。

五郎蔵が恵三をにらみつけたが、すぐに気弱げに目を落とした。

「本当にあっしらは、お嬢さんをかどわかしちゃいねえんですよ」

五郎蔵たちが岩田屋から金を奪うためだけに画策したことを、恵三は信じるしかなくなったようで、がっくりとうなだれた。

力のない足取りで歩く恵三と手代を伴って、直之進たちは岩田屋に戻った。五郎蔵たちは、富士太郎たちが町奉行所までこれから連れていくという。

どういう裁きが下るか。おそらく遠島ではないか。誰も死んでいない以上、死罪はあり得ない。

店に入ると、あるじの無事を喜んだ奉公人たちと恵三が言葉をかわした。そのあと恵三が寝所としている部屋に入ると、そこがひどく荒らされていた。金は店仕舞いしたあと、金蔵に移してあるので盗まれていないと恵三がいう。身代の受け渡しの隙に乗じて、何者かが盗みを働こうとしていたようだ。まさか猿の儀介ではないだろうか。

金を盗もうとしたのか、それとも、狙いは別のなにかなのか。

「岩田屋、なにか盗まれた物はないか」

恵三の寝所に入って、直之進はたずねた。

「いえ、なにもないようです。本当に大事な物は、ここには置いておりませんので」

どこか、しれっとした顔で恵三が答えた。

「おぬしは金が一番大事なのではないのか」

「おっしゃる通りですが、やはり我が身のほうが大切でございます。信を置いている人にもし裏切られたときのために、取ってある物がございますが、それは元々ここには置いておりません」

それはいったいなんだろう、と直之進は思った。表に出せない書付の類だろうか。

「いざというときのためならば、帳簿や書付などの記録ではないか」

「さあ、どうでございましょうか」

にやりとした恵三が不意に真剣な顔になった。目に悲しみの色をたたえている。

「湯瀬さま、おさちは今どうしているのでしょうか」

「俺が必ず取り返してやる」

富士太郎さんのいうように、と直之進は考えた。おさちの行方知れずには、人さらいの一味が関わっているにちがいない。

巨悪という言葉が頭に浮かんだ。直之進たちが倒さなければならない相手は別にいて、おそらく五郎蔵たちなどの小者ではないのだろう。

はるかに手強い者にちがいないが、負けるものか、と直之進はぎゅっと拳を握り締めた。

――必ずおさちを無事に取り戻してみせる。

直之進はかたく誓った。

この作品は双葉文庫のために書き下ろされました。

双葉文庫

す-08-48

口入屋用心棒《くちいれやようじんぼう》
身代金《みのしろきん》の計《けい》

2022年3月13日　第1刷発行

【著者】
鈴木英治《すずきえいじ》

【発行者】
箕浦克史
【発行所】
株式会社双葉社
〒162-8540 東京都新宿区東五軒町3番28号
［電話］03-5261-4818（営業部）　03-5261-4833（編集部）
www.futabasha.co.jp（双葉社の書籍・コミックが買えます）
【印刷所】
中央精版印刷株式会社
【製本所】
中央精版印刷株式会社
【フォーマット・デザイン】
日下潤一

ISBN978-4-575-67102-5 C0193
Printed in Japan